南国花影

修订版

贺学宁 著

SPM
南方出版传媒
广东人民出版社
· 广州 ·

图书在版编目（CIP）数据

南国花影（修订版）/贺学宁著.--广州：广东人民出版社，2016.6

（中山客Mini系列）

ISBN 978-7-218-10921-3

Ⅰ. ①南… Ⅱ. ①贺… Ⅲ. ①散文集－中国－当代 Ⅳ. ①I267

中国版本图书馆CIP数据核字(2016)第133515号

NAN GUO HUA YING (XIU DING BAN)
南国花影（修订版）

贺学宁 著

版权所有 翻印必究

出 版 人：	曾 莹
责任编辑：	李锐锋 旱锦瑶
版式设计：	陈宝玉
封面设计：	蓝美华
选题策划：	广东人民出版社中山出版有限公司
策　　划：	何腾江 吕斯敏
地　　址：	中山市中山五路1号中山日报社8楼（邮编：528403）
电　　话：	（0760）89882926　（0760）89882925
出版发行：	广东人民出版社
地　　址：	广州市大沙头四马路10号（邮编：510102）
电　　话：	（020）83798714（总编室）
传　　真：	（020）83780199
网　　址：	http://www.gdpph.com
印　　刷：	广东信源彩色印务有限公司
开　　本：	787mm×1092mm　1/32
印　　张：	7.5　　字　数：134千
版　　次：	2016年6月第1版　2016年6月第1次印刷
定　　价：	33.80元

如发现印装质量问题影响阅读，请与出版社（0760-89882925）联系调换。

售书热线：（0760）88367862　　邮购：（0760）89882925

串串往事像藕丝连成的线
在泛着幽香的如梦浮生里
拉得悠长悠长

蒙着一层诗意的忧伤任时光老去
也许有一天再回首时才发现
忍冬花的黄昏
原来只是很久很久以前做过的一个梦

人生也不过是一朵花开的时间
如果可以选择
我宁愿做一朵开在荒野或墙角的无名小花
没有过艳的芬芳
却也用尽力量地开在短暂的朝开暮落里
向着阳光与雨露
在风里散着淡淡的香

时间是一个迷宫
遍及难以穷尽的分叉
幸好在过去某个你我都在的交汇口
我们紧紧相拥

序

2008年的秋天，当宁第一次坐在石岐的老巷七星初地写生时，一位老人走过来告诉她，她画画的地方是一块风水宝地。几年以后，本为陌路人的我们因这块"风水宝地"结下了情缘——一次偶然的机会，百度搜索"七星初地"这个我时常路经的地方，凑巧看到她画笔下的这条小巷，画面里弥漫的宁静气息瞬间唤起了我内心深处的童年记忆。后来我又循着这幅画看到了更多她用画笔描绘的石岐老街巷。自小在这些画面中长大，我不由得被她的灵气与执著所感动。也许从那个时候开始，一切就在冥冥之中做好了安排。熟识后，我们惊觉彼此在生活中交织着太多共同点——在同样的时间去过同样的地方，有着相投的喜好和契合的性情。这些巧合与默契最终让我们在现实中走到了一起。

受宁的影响，我也开始重拾童年时代痴迷过的画笔，陪着她一同外出写生是令人愉快的经历。两年的时间里，我们写生的足迹遍及中山的大街小巷、乡镇古村以及其他城市。无论置身在车行人往的街道还是曲径通幽的深巷，她的投入与专注都会深深感染我，虽然写生过程中从来不乏酷暑炎热、凛冽寒风，又或是蚊虫叮咬，甚至到了今年，她开始因身孕挺着越来越大的肚子。本书中每一幅插图的诞生都有我的亲眼见证，从太平路上的紫荆到孙文路上的白兰，从河泰街角的木棉到三乡镇前陇村的鸡蛋花树……写生之途历历在目，每一幅画面背后都连着一段难忘的回忆。

她是如此喜爱植物，家里花盆中的野草从来不舍得拔除，还经常从外带回各种野花草木：散步时捡回别人丢弃的柚子树苗，从崖口海边带回模样像牵牛的五爪金龙，在花坛的荒草丛中拔回益母草，还有从写生的水边带回鸢尾、慈姑与不知名的白色野花。我也时常陪她去逛沙岗墟的花市，并乐此不疲地充当劳工往家搬回勒杜鹃、茉莉、蜀葵、忍冬、茶花……每到农历新年的前夕，她都会买回一大堆水仙头养着，等到花开时留一些花香给我们自己，再挑一些送去给两家父母。阳台上的花草队伍随着时间的推移越发壮大，除了观赏，自然也都成为了宁的写生对象。她的画面最不会缺少的就是植物，连街头巷尾并不显眼的野草野花，也会在她的笔下成为主角。她常说，画画和生活一样，有了植物才有生气。她画的植物也别有一股灵动的生气。

她时常同我讲起童年时洞庭湖畔的花草记忆：在窗外开淡紫小花的苦楝树、家门前的木槿篱笆、河堤上的紫云英、还有陪着她长大的栀子花……她将对花草树木浓浓的情意都倾注进了画笔与文字里。每一幅安静的画面和字里行间，漫溢的都是她对生活的柔情，还有热爱。

大　牛

目录

花

好女儿凤仙花 … 3
晚饭花夜来香 … 7
一盏清泉养水仙 … 11
山　茶 … 15
墟日淘书遇蜀葵 … 19
雨天的鸢尾 … 23
蝴蝶兰，太阳花，野牵牛 … 27
记得芭蕉出槿篱 … 31
百合深处有书香 … 35
一庭栀子香 … 41

紫阳花与四君子　　94
风信子的情意　　97
年华似水，蓝蝶纷飞　　100
桃花春　　106
芫花开尽人归去　　109
小树林，杜鹃花　　115

草

荠菜，水芹，马齿苋，地木耳　　121
红花草紫云英　　125
车前草上白月光　　129
益母草　　131

- 爱在四月,白花如雪 44
- 茉莉花,花香如梦鬓如丝 48
- 一城风絮,只有桂花香暗飘过 52
- 忍冬花的黄昏 57
- 菡萏香来,荷影长 60
- 木木芙蓉水边蓼 65
- 女人花夹竹桃 69
- 素馨茉莉六月雪 72
- 初秋的朝颜 76
- 爱之蔷薇 80
- 槿艳繁花满树红 83
- 剪秋纱 86
- 蓝雪花,枕草子 90

樟树的气味	177
木棉红影	181
柚子往事	185
蓝花楹，红花楹	189
缅桂白兰树	193
石岐的老榕树	195
与南洋楹为邻的日子	201
后记	204
附录一：文学视域中的恬静书写	208
附录二：被植物之神眷顾的幸运人（访谈）	214

木

菖蒲飘香 135

水草与大自然笔记 139

莲子草,竹节草,鸭跖草 143

三叶草,遇见最好的年华 147

兰花草 155

百里香,旋律里的香草 157

风吹紫荆树 163

浪漫芒果树 167

又见苦楝树 169

雨天,蛙声,鸡蛋花树 173

花

这不是花,这是表现于色彩上的露之精魂。

那质脆、命短、色美的面影,

正是人世间所能见到的一刹那上天的消息。

——德福芦花《碧色的花》

好女儿凤仙花

好多年没有见过凤仙花了，现在花市里卖的多是非洲凤仙或混色复瓣的变种，而在我童年岁月中那种最为普通的凤仙花如今却极为少见了，大概只有在偏远的乡野地才能找到吧。刚搬来老城区住的那年夏天，阿花曾移栽给我一株小花苗，放在阳台上养着，不曾想却被夜里前来寻食的老鼠啃断了花茎。还有一回去韶关的老村落写生，在一户人家院子的草叶丛中发现了好几株，刚开花，淡而灵动的粉红飘荡着遥远而又熟悉的气息。本想采摘几粒种子回来，可惜找了半天未遂，也只得作罢。好在现在还有无所不能的淘宝网，在上面买了一包种子，春节刚过就播下了，现在已经发芽吐苗，不知道将来开出的花是不是我朝思暮想的那一种。

其实凤仙花是一种极为普通的草花。说到它的花形，第一反应就是把李商隐那句人尽皆知的情诗改为——"身有彩凤双飞翼"。对，它就像一只轻盈的彩凤，停歇在花木丛中随时会展翅飞去。《花镜》里介绍它名字的由来时也是这样形容的："花形宛如飞凤，头翅尾俱全，故名。"凤仙花花分多色，深深浅浅红紫白，叶形状似桃叶，区别只在于边沿长有锯齿。花落结成的蒴果一碰便会爆裂弹出花籽，《花镜》里因此称它为"急性子"，很是形象。凤仙花极易成活，花籽落地即可复生，来年又是一番花开花落。小时候在家乡，曾在后院开辟了一小块地做花园，用来做篱笆的就是一圈凤仙花。年年岁岁与风雨相随，倒是别有一番顺应天性的自在洒脱。

凤仙花又名指甲花，因可染指甲。将花朵摘下捣碎后敷在指甲上，不多一会就会微微泛红，这是姑娘们常爱玩的。书上说加少许明矾，指甲会染得更为红艳一些。小时不知明矾为何物，故从未尝试。至今印象深刻的是，不管涂抹哪一种花色，染出的指甲都是同一种轻柔的紫，像一抹淡淡的云烟。大概因这女孩气的特性，也有人干脆将它称为"女儿花"，民国时期的园艺专家周瘦鹃就写过一篇《女儿花》。周曾在院子里种植数株凤仙以纪念亡妻，因她的名字里有一个凤字。凤是他自小的邻家妹妹，这一点和凤仙花的邻家天性倒是极为契合——想来这对花伤怀的种花人也是个有情有义之人。只是自古文人多情，周用尽一生痴恋追忆的却是他那个西名为紫罗兰的初恋，"一生低首紫罗兰"，如果延伸开来又是另一片婉转缠绵的花叶之说了。

岁月无声然而风过有痕，人总会对旅途上遇见的花木草本深怀别样的情意。在如烟的世事里，我只想安静地守着日渐茁壮的凤仙花苗，看它在异乡的阳台上花开花落聊以慰藉挥之不去的乡愁。阿多尼斯在诗里不是这样说吗："你的童年是个小村庄，可是，你走不出它的边境，无论你远行到何方。"

晚饭花夜来香

连着几日蒙蒙春雨,在阳台修整花草时挖出了一株夜来香的宿根。种子还是前年下乡写生时采集回来的,去年春天播下种,发芽拔高后零落地开了几朵。种在花盆里的植物苦于伸展空间有限,始终不及直接植种于地的长势浩荡。小时候曾从邻居家挖回一株花苗移植在家门口,种下后不曾精心打理,却也毫不妨碍它儿自粗壮,循着生长规律年年冬眠春生夏季着花。每到黄昏时分,数不清的喇叭状花朵便热热闹闹地簇拥在叶梢上,开起来一团紫红,像乡下人家嫁女儿,有一种朴拙的喜气。

其实夜来香是家乡对紫茉莉的叫法,实则与真正的夜来香相去甚远。虽明知是个美丽的误称,然这名字里有一份情意在,故就此错下去也无妨。也许是因它夜开昼合,又散着清淡香甜气的缘故，所以才在家乡落得"夜来香"的花名吧。宠物说在她的老家湖北恩施，这种花叫做胭脂花。它紫红的花色的确有些像女孩儿用的胭脂，不知有没有人真的拿它作胭脂用。在从前，平常百姓家的女孩儿用的化妆品可都是大自然的馈赠，比如《花镜》里还提到夜来香能当做口红来点唇。小时候倒是喜欢把它的种子从花蕊里倒着拉出挂在耳朵上当耳环戴。它的种子小小的，圆而黑硬，有次听本地人说它在广东被叫做地雷花，感觉很有意思。至于洗澡花与晚饭花这两个名号则是从书里看来的，叶灵凤在《夏天的花》里提到了洗澡花的由来："夏天洗完了澡，赤膊在阶前坐一下，这时往往也正是洗澡花开得最灿烂的时候，我想这大约就是它得名的原因。"这篇回忆性散文写得温情感人，充满了情味。叶灵凤祖籍江苏南京，因战乱流亡香港，后半生的时间都在异地著文思乡，至死也没再回到故乡。

汪曾祺也是江苏人，他说小时候吃完晚饭后，常常到长了一丛——他们那里叫晚饭花——的废园里去捉蜻蜓："我在别的花木枝头捉，也在晚饭花上捉。因此我的眼睛里每天都有晚饭花。看到晚饭花，我就觉得一天的酷暑过去了，凉意暗暗地从草丛里生了出来，身上的痱子也不痒了，很舒服；有时也会想到又过了一天,小小年纪,也感到一点惆怅,很淡很淡的惆怅。"他后来还因此写了一篇小说,就叫《晚饭花》。说来惭愧,读他的书也有好几年了却从未仔细看过他的小说,直到近段时间才发现他的小说一点也不亚于他写的散文,用的是一种极为简淡的笔墨,散文诗一样平淡,清丽,像留白很多的中国画。十年动乱,上山下乡,倒是一点也没挫伤原有的精神气,别人问他是怎么过来的,他平平静静回答了四个字:"随遇而安。"汪曾祺笔下的人与事都如晚饭花一般平凡家常,然而却有一股坚不可摧的生命力。

"晚饭花开得很旺盛,它们使劲地往外开,发疯一样,喊叫着,把自己开在傍晚的空气里。浓绿的,多得不得了的绿叶子;殷红的,胭脂一样的,多得不得了的红花;非常热闹,但又很凄清。没有一点声音。"这是《晚饭花》里写晚饭花的一段文字,读来似乎被一股强大又哑然的力量吞没,又有一种平章花木,月旦盐柴的琐细里时间流逝的怅惘。九岁那年一个夏天的夜晚,在月色中醒来,看见夜来香开得喧闹而又静美,上百朵紫花在月光下竭尽全力地喊着叫着,然而却没有一丝声响。我说不出话,只是呆呆地看着,那是生平第一次真切感受到大美无声的静寂。

一盏清泉养水仙

几年前刚来中山时,曾给一本书配画插图,印象最深的是里面一篇题为《凌波仙子入梦来》写水仙的文章。那时候从未见过水仙,只好对着文字与图片再加一点想象中的意境描绘它的模样。前年的春节前夕,偶然在菜市场附近的花摊上见到有蒜头状的水仙根兜售,当下买了几个回来用清水供养着,二十多天的时间,一点一点看着叶子丛生如带,继而抽出花茎,直至吐出洁白莹润的花瓣来。亲眼见证了水仙高耸在水中不染尘埃的仙气样,才知道它为何会被人冠以"凌波仙子"这个雅号。

经常翻看邹一桂的《小山画谱》,里面的配图浓艳媚俗,但文字却很精妙。比如概述水仙的特征就是简单明了的八个字:"叶短花高,香色清微。"被香色清微的凌波仙子环绕的日子美妙极了,它们开得炙热,我也画得痴狂,几乎用尽了所能用到的画具，从而也深切体悟了自古到今，这平凡简单的小花为何会成为千百年来文人画家笔下的宠儿。手边有一册元代赵孟坚的水墨白描《水仙卷》，卷本中千花万叶繁简得宜，清雅绝俗。赵孟坚和赵孟頫同为宋太祖的嫡亲世孙，可能知道后者的人远多于前者，然而在画史上，赵孟坚却是白描水仙的开创者，对文人画的推动影响很大。

曾在中国美术馆看过明四家之首沈周的水仙图，半工笔半写意地开在水墨册页上，即使隔着遥远的年岁，似乎也能闻见阵阵幽香。沈周的弟子，同为明四家的文征明对水仙也痴情一片，据说八十高龄面对水仙，依然兴奋得"一笑相看老眼明"。这没什么奇怪的，沈周和文征明平和淡雅的心性跟水仙的格调颇能匹配，这也正是我相较于明四家的唐寅和仇英一直更青睐他们两人的缘故。令人匪夷所思的倒是历来以严谨肃穆著称的吴昌硕，居然曾别开生面地想到用写字作画的砖砚来供养水仙，同时赋了一首极为幽默风趣的打油诗，一改我往日对他凌冷的铁面印象："卖字年来生计拙，商量改作水仙盆。"

张大千也擅画水仙，俗称"张水仙"，说起来他也算是引领我进国画之门的导师了。几年前偶然在张充和的《曲人鸿爪》上看到一幅他的水仙图，寥寥数笔，婀娜传神，看上去既是一株曼妙的水仙，又像一个轻盈女子灵动舞蹈的身姿，我与国画的缘分正是从这幅画开始结下的。

真正与水仙相伴其实也不过是近两年的事。我曾经一度活得懵懵懂懂不识烟火，自从嫁为人妇后，也开始甘于流转于书桌画架与菜市场之间。张爱玲跑了几趟菜市场下来不仅写出了几首诗，还对脚下的土地生出了"还没离开，就已经开始想念"的情意，或许，世俗里的柴米油盐更让人对生活本身滋生真切的相拥感吧。常去的菜市场附近有一家店面不大的花店，每次去买菜都会顺便带回一些花草，不染尘埃的水仙用这种沾染了烟火气的方式遇见，感觉还不赖。

山 茶

夜翻《花镜》，看到山茶的别称标注为曼陀罗，一下子就糊涂了。曼陀罗不是一种毒花吗？虽未曾见过它的真容，但对其特性还是有所了解的。据说此花美丽清香却暗含剧毒，只要稍吸上几口芬芳，人就会被迷惑，从而产生幻觉。亦舒在小说《曼陀罗》里，暗喻女人就是一朵曼陀罗。所以这样一种性情凛冽的花怎能与温润的山茶靠上边？再说茶花还能泡茶呢。后来经过一番细查后方才得知，原来在唐朝，山茶的确曾有曼陀罗之称（至今在苏州的拙政园还有"十八曼陀罗花馆"），后来才专指由印度引进的毒花。陈子淏在《花镜》里的记载之所以引今人误解，大概是在清代还不曾引进毒花，或者即使引进了也流传不广的缘故吧。

山茶品种繁多，李时珍曰："宝珠者花簇如珠，最胜。海榴茶花蒂青，石榴茶中有碎花，躑躅茶花如杜鹃花，宫粉茶、串珠茶皆粉红色。又有一捻红、千叶红、千叶白等名，不可胜数。"这些品种，《花镜》里差不多都有记载，另外还有些极有意思的品名，如赛宫粉、晚山茶、磬口茶之类。作为一个十足的名字党，其实对茶花最初的好感也完全源于它的花名——将茶与花相连，有着别样的韵味。平时虽不懂品饮茶，然而对茶文化却兴趣浓厚，"茶亦醉人何须酒，书自香我何须花"。茶禅本一味，与国画中的水墨亦有相通之处。

春节期间去逛沙岗墟的花市，在众多眼花缭乱的茶花品种中，独挑了一盆粉色重瓣的。买回时枝叶上还挂有数个含苞未放的花蕾，但在阳台上放了一段时间后，除了头顶一朵开了外，其他花蕾均纷纷掉落了。心里推测可能是盆小且浇水太多的缘故，但看到除了掉花蕾，枝叶与根系均无大碍，又只好归结于长在盆里的植物缺乏足够施展拳脚的空间。以前在紫马岭公园的入口处就看过一株长势如树的山茶，枝繁叶茂，花开百朵。风起时，玫红花瓣纷纷扬扬，让我等没地盘的人只有艳羡的份。

前几天看邱彦明的《浮生悠悠》，一本关于她与丈夫旅居荷兰乡间的书，里面有一篇写到了山茶，记叙他们夫妇几年下来养茶花的悲喜忧欢，期间也数次经历花蕾凋落的惨痛经历。然而尽管将之视为娇生惯养的植物种类，终究却又难以抵挡它的魅力。真可谓是，室有茶花，几多欢喜几多愁。这本书是她的荷兰三部曲中的第一本，我是从后往前收集的。如今这本2003年出版的书已是一书难求，我不习惯看电子版，二哥特意亲手帮我打印制作了一本纸质的。

"山茶相对阿谁栽，细雨无人我独来。说似与君君不会，烂红如火雪中开。"苏轼的诗里有严冬白雪地里，茶花如腊梅炙红吐艳的画面。然而在我的数本植物书籍里，关于山茶的习性却各持完全不同的说法。想必是千百年来，山茶经过无数次变种与培育，地域不同，习性也完全各异了。所以现在干脆将之放养在阳台的角落里，任其日晒雨淋，风吹雨打，这在我看来也算是最为符合山茶品性的养法了。

墟日淘书遇蜀葵

早上看农历，发现是墟日，晾完衣服后便直奔沙岗墟的旧书摊，想找半个月前看到的那本《家庭养花300问》。那次因为买了另两本植物书，这本兴趣不大就放下了，回去后无意间一查，发现作者区赫然标有巴金，大作家居然参与编写过这样一本实用性极强的植物书，这点倒是令我顿感好奇。其实上周六就去找过它，但那天下着雨，赶过去时摊主已经在收书了。这次仍是直接奔去那个书摊，没想到中途碰到了另一个。旧书都堆放在塑料筐里，数量不算多，但挨着看过去，书源倒是不错。在书堆里发现了好几个版本的红楼梦，这当然不足为奇，以前的百姓人家收藏四大名著是很普遍的事。但稀罕的是竟有张爱玲译注的《海上花列传》，这书颇冷僻，很奇怪也会出现在旧书摊上。另惊喜地撞见20世纪80年代版本的《齐白石自述》，前两年买过一本彩色新版的，但翻了翻这本，除了有齐白石的自述部分，后面还录有其他人回忆齐白石的文，更重要的是书籍内页除了文字再无其他任何花哨的装饰，这也正是我所中意的。但遗憾的是这本书被水浸过了，不仅有很重的水渍，后面还有好几页粘到了一起，权衡再三，也只能遗憾作罢。最后淘到手的是《围城》《陆游传》《曹雪芹》，唐诗格林童话之类的，都是上世纪80年代的版本。很钟情那个时代的书籍装帧风格，封面简洁素净，透着一股拙朴的隽秀典雅。

奇怪的是，最后去原来的位置找那本《家庭养花300问》却怎么也找不见了，在别处寻了一圈，仍是没有。反倒无意间在角落发觉了一本《在家和尚周作人》，书名取自他的《所谓五十自寿诗》："前世出家今在家，不将袍子换袈裟。"（周作人在回忆录《苦茶》里，记述过有关自己出生时是个老和尚转世的传说。）随手翻了翻内页，是众文人对周作人的回忆辑文，感觉不错就买下了，也算是桩意外的收获。

买完书，转去花摊给婆婆买花盆，在一个摊位上一眼看到放着几盆蜀葵，开得正是艳丽。对这花素来怀有好感，很想养上几盆，但从未实现过。其实蜀葵的种子是有的，去年友人麦麦糖从大连亲自采摘寄来数包花种。但植物书上说播种期是秋季，那时正值焦头烂额的生产期，还想着今年的蜀葵计划可能又要泡汤了，没曾想竟在这里遇上了。买了一盆最大的回来，玫红色，一米多高。放在书房的阳台上，坐在书桌上写写画画的时候，一抬头就能看得见。

"不过是在人群中多看了你一眼，从此我开始孤单思念。"这么多年了，蜀葵对我来说，很像这句歌词里唱的那种，偶然有过一面之缘后苦苦找寻的人。曾经拿着图片到处问询它的名字，却从未找到过答案。2010年的夏天去北方写生，在天津的大街小巷不知方向地游走时，猛然在一个院子的栅栏前撞遇了一大丛。炎炎夏日下，正开着粉艳的碗口花。当时真是又欢喜又惊讶，完全顾不上腼腆，径直跑上前去问守门人它的名字，那人告诉我叫秋葵。这个美丽的误会直到去年才得以解开，在麦麦糖的微博上看到它的照片以及真正的名字——蜀葵。其实，秋葵花与单瓣品种的蜀葵确实有几分相似，菜市经常有它的果子卖，类似辣椒的形状，是一种可食的蔬菜。

蜀葵的花色繁多，最常见的是红色与紫色。明朝蒋忠有一首《墨葵》："密叶护繁英，花开夏已深。莫言颜色异，还是向阳心。"花开夏已深，很爱这一句，有时光悠悠，岁月静好的意味。只是在广东这边，因为气温高，大多植物的花期都会提前。四月中旬的当下，蜀葵已开得炙热如火。以后很想挨着墙面种下一丛，风起时，周遭静谧，时光印在花影里，隐隐绰绰。

雨天的鸢尾

半夜被偌大的雨声惊醒,开始以为是在做梦,后来仔细听,果真是在下雨。短暂晴了两天后又开始了新一轮的春雨天,空气潮润黏稠,仿佛随时都能拧得出水来。早上起床时,风凉丝丝的,把放在阳台上的一株鸢尾植种入盆,已经在水桶里泡了好些天了,一直没有找到合适的花盆。这次从婆婆家拿回一个白瓷蓝纹的,感觉极为契合鸢尾灵雅秀逸的气质。

很喜欢鸢尾,现在满心期待四月的到来,也是因为有鸢尾花开。每年这个时节,它们定会把岐江公园的湖水染成一片深邃又轻灵的蓝紫色。这个周末带上画具去画,坐下没多久就开始下起了雨,而后越下越大,公园里的游人随之散去,只剩我与二哥各自撑着伞继续画着。大雨簌簌而落,周遭白茫茫一片,

蓝紫色的花影隐在其中仿若如梦,然而却又是真实的。

两年前的现在,同样一个绵绵春雨天,也是坐在这片鸢尾丛中,当时还只是个温暖大哥哥的二哥来找我。他坐下后递给我一支崭新的蓝水钢笔,我便拿出本子,随手勾勒起眼前的鸢尾来。画着画着也下起了雨,雨点滴落在蓝色的墨痕上,晕染出一朵一朵蓝色的小花。我已经忘了当时我们都说了些什么,只记得后来把那张沾了雨水的鸢尾从本子上扯下来送给了他。那时候我正经历着一段暗无天日的情绪低潮期,每天惶惶不安,度日如年,对生活的一切仿佛都失去了兴趣。然而不知是重拾画笔唤醒了昏沉的神经,还是这片蓝色鸢尾让我触摸到了春天的生机,沉睡已久的心仿若雨后春笋,又重新复苏了过来。几天后我带着二哥送的那支钢笔离开中山北上,度过了在北京的几段学习生活中最为平静快乐的一段。后来又像携带护身符一样随身带着它从北京出发,一路沿海而行,做了一趟漫长的旅行。谁也没有想到,最后迎接我回来的,是一个温暖的爱人,与一个温暖的家。

当后来某一天,无意间得知鸢尾的花语是"爱的使者"时实在惊讶极了。而更为巧合的是——冥冥之中写下这篇鸢尾文的今天，与两年前坐在水边画鸢尾竟是同一天。那幅当时随手画下的画早已被二哥用心地过了塑，连同那个远去的雨天一起夹在书里做了书签。然而，不管时间怎样流逝，我也忘不了那个坐在水边画鸢尾的下午，雨一滴一滴落在水面上，恍然觉得自己也是其中一棵，穿过层层烟雾，从淤泥里开出美丽的花来。

蝴蝶兰，太阳花，野牵牛

早晨路过逸仙湖公园时看见蝴蝶兰成片繁盛的花影，忍不住停下来拍了几张。家乡也有蝴蝶兰，不知道它真正的学名是什么。花形同鸢尾很相似，不过颜色要更为淡柔一些，我想它们大概是一个科的。这种本地蝴蝶兰是来了广东才见到的，花色晶莹润白，盛开时三片花瓣向外伸展着，中间缀有深紫色花蕊，很灵动的耸立在纤细的枝干上，模样确实有几分形如蝴蝶。以前偶然见过它们开花的样子，不过印象中总觉得是夜开日合的。然而近几天夜里散步过去，总会看见它们将花苞拢合在静幽的暗处，这回终于可以确认它们是朝开暮落型的植物了。

太阳花和野牵牛也是朝开暮落型的，这几天也都在开了。每天一两朵，花期仅有一天。有一天很早就醒了，屋前树林里传来此起彼伏的鸟声。跑出去看，天空是微醺的紫红色，一切都是蒙胧初醒的样子。就在这样迷离的晨光下，突然发现阳台的植物丛中冒出了一朵太阳花的花蕾，九点多钟再出去晾衣服，就看见它已经开了。太阳花，果真是见到太阳就要开的。实在惭愧，这样一种极易存活的植物，不知为何到我手里却每每变成困养户。最近几年几乎年年买，但年年都会以枯萎告终。发誓不再养了，但看到它们在花市开得缤纷多色又忍不住会抱回来。去年那盆也是越开越萎蔫，我便将仅剩的几株挪了盘又换了土，早晚用喷壶喷湿表层叶子与土壤，结果它居然成功地繁生了新叶并愈发茂盛。今年看到它每天朝气蓬勃地开花，心里极有成就感。

相比养太阳花的不易，那株在阳台栅栏上肆意攀爬的野牵牛就容易存活得多了。野牵牛在南方是一种常见的野生植物，前不久在植物书里偶然发现它居然有个彪悍的花名——五爪金龙，一时间极为讶异，就像无意间获知一个外表很像林黛玉的女子却有个粗犷的张飞名一样。后来再想它如此旺盛的生命力，随便一小枝不消多少时间就可以蔓延成一大片，又确实挺对得住这个名字里涨溢的霸气。去年在崖口的海边看到它们遍铺成

一片紫白相间的花海,在阵阵涌来的海风里如浪花一般欢涌,令置身于这般天然壮景中的人感觉又美好又震撼。当时分明两种花色都折了一些回来植种,不知为何现在开花的却只有紫色。

夜里散步回来,把买了很久的《孤独散步者的遐想》翻完了。这是卢梭生前写的最后一本书。晚年的他因《爱弥儿》的出版激怒了当权者,所以逃到巴黎近郊的圣彼埃尔岛上离群索居,《孤独散步者的遐想》就是在这种境况下写成的。这时的他多少像个被社会抛弃的老孩子,委屈地躲在无人知晓的地方用文字默默地自舔伤口,只有将笔端转移到植物身上之时,口吻才温和慈爱起来。这本书只有薄薄十章,最后一章还没写完,卢梭就过世了。生命中最后的日子,他每天早出晚归划着船去无人的小岛上采集植物标本,一颗伤痕累累的心灵——如果可以这么说的话——最后在植物的怀抱里得到了抚慰。突然觉得人生也不过是一朵花开的时间,如果可以选择,我宁愿做一朵开在荒野或墙角的无名小花,没有过艳的芬芳,却也用尽力量地开在短暂的朝开暮落里,向着阳光与雨露,在风里散着淡淡的香。

附:文中提及的蝴蝶兰学名为巴西鸢尾,鸢尾科多年生草本植物,又名马蝶花、鸢尾兰、玉蝴蝶。

记得芭蕉出槿篱

翻唐诗,看到于鹄的《巴女谣》:"巴女骑牛唱竹枝,藕丝菱叶傍家时。不愁日暮还家错,记得芭蕉出槿篱。"这首充满音律与画面感的小诗瞬间打动了我。不过与其说是诗中漫溢的那股无忧无虑的欢快气息令人心动,还不如说是被最后一句"记得芭蕉出槿篱"生生勾起了心灵深处的归乡之情。小时候,家门前院子的篱笆就是一圈木槿,只是篱笆里种的是美人蕉而不是芭蕉罢了。不知道从什么时候开始,它们就在那里永恒地扎下了根,每到盛夏,便在我的记忆里开成一道紫色的花篱。

木槿因花期在夏季,故有"仲夏之月,木槿荣"之说。因它朝开暮落,花期短暂,古书里形容:"仅荣一瞬"。《诗经》

里则有"颜如舜华,颜如舜英"一说,借木槿来盛赞女子的容貌之美。小时只见过紫色单瓣的木槿花,其实它还有多色的花与复瓣的品种。《花镜》的作者陈淏子似乎很瞧不上单瓣木槿,认为它是木槿家族中的最下品:"若单叶柔条,五瓣成一花者,乃篱槿也,止堪编篱,花之最下者。"写到这里,想起看卢梭的《植物学通信》时被逗得大笑的片段。那个可爱倔强的老头对复瓣花颇有成见,觉得是植物变异的象征,故而在书信中特意提醒通信对象,观察花卉时如遇复瓣花则无需理会。我对复瓣花没有这样偏执的成见,只是随着年岁的增长,越发欣赏起单瓣花简淡素朴的美来,这与心性有很大关系吧。

木槿在中山比较少见,每次下乡去写生,总会怀着一份遇见的期待。然而路过无数道院落篱笆,也从未见过它的踪影。不过最近反倒在住处附近的一家幼儿园门前发现了一小丛。其实那条路最近每天都会经过,只是随意长在角落里的一丛绿枝,在没有花色的点缀时,是不大能认得出的。有一天下着蒙蒙细雨,经过院门时无意间瞟见一道熟悉的紫色花影,走近一看,竟是朝思暮想的单瓣木槿!于是,从这天开始,每天再踏上那条路,就仿佛是在奔赴一场美丽的约会,令人有一种愉悦的期盼。

尽管它的花丛实在不茂密,只不过是低调地在院角占了一方窄小的位置,但庆幸的是它们现在每天总能开上一两朵,如同花语"温柔的坚持"一样,温柔地坚持着。

久居城市多年,心心念的始终还是静寂的乡野。曾经对梦寐的生活有过这样的描述:"在背山临水处有一栖身之地,庭院篱笆,花开四季。吃简单的食物,拥有看不完的书。与自然万物为邻,听着风吹树叶沙沙之声作画。有兴致时喝点小酒,微醉中夜色迷朦,明月如钩。"我无所不在地找寻木槿的花影,其实真正寻觅的是这般"记得芭蕉出槿篱"的生活状态吧。

百合深处有书香

早晨去买菜,路过菜市场附近的小花店,看到一盆百合摆在门口,是我喜欢并寻觅了许久的品种,没有香水百合扑面而来的浓郁气息,只有靠近时才能闻见一丝淡淡的花香。叶子是细长形的,花形也更为清秀温婉一些。想起挨着书城住的那几年,总是买这种百合回来插瓶,现在看到这熟悉的花影,那段日子又清晰地飘了回来。

曾经一直觉得最理想的生活环境是住处附近有书店和花店,自从 2007 年冬天,一个下着雨的午后走进书城后,我就再也没有长久地离开过它。在初来这个异乡小城的几年间,一直像蚂蚁一样辗转搬家,然而搬来搬去却从来都是在它的附近周旋。对于一个居无定所的人来说,那些如浮萍般漂泊的时光,最心

安的不过是夜晚床头的一盏暖光与灯下的一本书,而最幸福的时刻也莫过于听着轻柔的音乐,在书店的书丛间穿梭,然后再下楼去花店买一束百合踩着月光走回住处。现在想来,那段日子也如这花一样,简淡,素朴,幽静。

几年间,书城的书架为我推开了一扇扇难忘的窗口,其实到底在里面看过与搬回多少本书如今已经难以计算。只知道那几年影响了我的阅读历程,及丰盈了那么多孤寂的时光。曾经有很长一段时间,我患了马尔克斯在《百年孤独》里描述的失眠症。当然,这个病症还不至于让当时的我恶化到遗忘的境地,以致沦为没有过往的白痴,只是现在回忆起来那段时光充满了不真切的梦幻性——灵魂终日飘游在半空,对世事懵懂,与尘世若即若离。而用来对抗那些彻夜不眠的唯一令人安慰的方式,即是半躺着在床头的台灯下看书。看累了就起身在屋子里四处走动,吃一个冰凉的苹果,把手伸出窗去接春夜的雨滴,趴在阳台上看在头顶层层涌动的夏夜的浮云。风从很远的地方吹来,空气里游弋着说不清也道不明的气息。周遭都已沉沉睡去,唯有虫鸣与偶尔呼啸而过的车声划破寂静的夜空。我站在不同的位置向外望去,穿过繁枝,层楼与蜿蜒的小路,总能一眼看见在那个熟悉的位置上站着一个我不会说话的爱人，那个时候甚至觉得，留在这座城市全部的理由，就是为了这个温暖而坚固的存在。

当今年三月忽闻它即将关门结业的消息，一时间不禁百感交集。时至今日，我也没能站在理性的角度上去探究实体书店存亡的市场原因。在我的世界里，所有的人与事都是一场时间长短不一的宿缘，不能挽留，就去学会接受与顺应生命进程里无常的变化。这一次因为书店的结业活动，近几年在书店画下的速写也被印制成了一套纪念明信片。当那天夜里坐在台灯下，一笔一画认真地在三十封用于活动签售的明信片封面上，誊抄着从三十本最爱的书籍里选摘的书话时，心里充满了感动。从随身抵达的行李仅是一套张爱玲文集的最初，到已是满屋子杂书的现在，转眼间七年过去了，书外与画外的我也已由当初的青春少女变成了而立之年的少妇。我絮絮叨叨地写下这些，其实只是想要表达内心的感激——是这家书店支撑了我青春时代几乎全部的精神生活，在这漫长而又短暂的时光里，它给予了我太多无以言说的心灵温暖与慰藉。

四月就要过去了,当我终于在阳台上种下一盆百合,最爱的作家却永远离开了人世,相伴了七年的书店也正在做着最后的告别。时间不断地更替向前,充溢着一场又一场相聚与别离。几年前曾给书城写过一篇文章,在结尾处引用了马尔克斯谈话录《番石榴飘香》里的一句话:"你属于我热爱的那个世界。"现在,我所能想到的最好的告别方式,就是把这句话送给已经离去的作家,正在远去的书店以及那段与之相伴的岁月。时间是一个迷宫,遍及难以穷尽的分叉,幸好在过去某个你我都在的交汇口,我们紧紧相拥。

一庭栀子香

卞之琳有首诗:"我在散步中感谢/襟眼是有用的/因为是空的/因为可以簪一朵小花。"我总觉得这应该是一朵清雅幽香的洁白小花,比如茉莉,比如栀子。南方的夏天总是来得很早,除了白兰花,这夏季的"香花三绝"已有两花开得如水如银了。栀子花的花期比故乡整整提前了两个月,阳台上的那盘零零落落开了几朵,市场里也有花农用塑料绳子四五枝扎成一小束,放在水桶里兜售。有一天清晨买了一札回来搁在案头,在熟悉的芬芳中写写画画,感觉有一股遥远又咫尺的亲切感。

栀子花是故乡岳阳的市花。岳阳湖泊遍布,潮润多雨,非常适合喜阴爱潮的栀子花的生长。栀子的叶四季常青,花色洁白玲珑,清丽可人。《史记》中曾记载"千亩卮茜",花开时节,望如积雪,香闻百里。花绽苞后结出倒卵形且有棱的绿色果实,像一只注满美酒的酒杯,因其恰似古时的酒杯"卮",故得"卮子"之名,今"栀子"即由"卮子"转化而来。想来,不仅它形同酒杯,醇厚浓郁的清香也如陈年美酒般醉人。栀子品种颇多,故乡多是大花栀子,俗称荷花栀子,六瓣,三重。还有小朵单瓣的也是六出,比如水栀子,陆游就有这样的诗句:"清芬六出水栀子"。

栀子离不开水,弥漫在水气与雨雾中的栀子香萦绕在我整个童年时代。小时候常在堂姐家落宿,每到初夏,长在院子里的一株枝叶繁茂的栀子便花开满树,夜里睡在一张靠窗的床上,窗户偌大地开着,阵阵馥郁的清香便随着轻拂的晚风飘了进来,在幽香中沉沉睡去,似乎连梦也会被染香。入睡前摘下几个欲开的花蕾放在盛满清水的瓷碗里,等到清晨花就开了,梳头发时会扎在辫子上,如今读到诗里写"夜深摘伴枕边,出外发中斜插"便有一股甜蜜的温情。其实这采撷栀子簪于鬓角为饰的风俗早在宋代就有了,南宋诗人李石有清丽曼妙的诗为证:"芙蓉衫子藕花纱。戴一枝,薝卜花。"薝卜是栀子在佛经中的称号,相传其种子引自天竺。明代陈淳诗云:"薝卜含妙香,来自天竺国。"因它来自佛地,与佛有缘,故被人称为禅客、禅友。宋代王十朋有诗:"禅友何时到,远从饱舍园。妙香通鼻观,应悟佛根源。"有次听友人说栀子花在广东被称为"蝉花",

后来才知道其实是"禅花",或许在漫漫时光流转的旅程中,同音的禅渐而衍变成了蝉,想必是栀子花开的时节也正是蝉声阵阵之时吧。

栀子花被称为禅客、禅友,也意在赏花者心清意雅,故诗书画里出现的栀子,都有一股精神上的清淡气。明四家之首的沈周绘有一幅栀子图,幽清素雅,题赋的栀子诗意境也很清美:"雪魄冰花两起清,曲栏深处艳精神。一钩新月风牵影,暗送娇香入画庭。"一钩新月下,曲径通幽的庭院里暗香浮动,牵动了正在画庭作画的画家。许多栀子诗里都有月亮的意象,如宋代女诗人朱淑真的《水栀子》:"玉质自然无暑意,更宜移就月中看。"这是因为栀子多在夜间盛开,沾染了月的灵气。

从冬季开始孕育花苞,直到来年初夏才徐徐绽放,看似不经意的绽放,实是历经了漫长的努力与坚持,故而栀子花的这一生长习性被衍生成了"持久,坚韧,永恒的爱,一生守候和喜悦"的花语,平凡朴素的外表下,蕴涵的实则是美丽、坚韧而又醇厚的生命本质。"尽日不归处,一庭栀子香。"我想,令人沉醉不知归路的恐怕不仅仅是在庭院里暗自浮动的花的幽香吧。

爱在四月,白花如雪

下午忽生兴致跑上单位十四楼的活动室。很久没去了,曾经整整有两年的时间,几乎每晚都会上去弹钢琴。那是一间空阔而寂寥的屋子,平时极少有人进去,所以大部分时间只有我一个人。在过去那些数不清的僻静时光里,我总会坐在那架靠窗的钢琴上尽情地练习每一首喜爱的曲子,弹累了,就(坐)在灯下看书,或者听着音乐趴在落地窗前看夜幕下的星空与窗外的车水马龙。直到后来去北京学习,这样的日子才中断,只是不曾想这一断就是好几年。那时很爱一首《爱在四月雪》,打印了一张钢琴谱随身携带着,最后因时间过长,纸上的五线谱都已被磨损得模糊不清。如今重新坐回黑白键前弹奏这支曲子,才发现当初那些熟谙于心的旋律已与过去的日子一样,如同断了线的珠链一般再也难以串起。一切都已事过境迁,《爱在四月雪》,那是再也回不来的2010年的四月。

一年中，最爱是四月。很喜欢《小窗幽记》里记载四月的一段话："四月有新笋、新茶、新寒豆、新寒桃，绿荫一片，黄鸟无数，乍晴乍雨，不暖不寒，座间非雅非俗，半醉半醒，尔时，如从鹤背飞下耳。"时间过得真是迅驰，此下不觉已到四月末。昨晚把阿赫玛托娃的传记《俄罗斯的安娜》看完了，这本书几乎陪伴了我整个四月的睡前时光。现在每到一个城市都会去当地的书店，买上一本书做纪念，这本书就是上个月在肇庆的书店买的。看的过程中，印象最深的是阿赫玛托娃与普宁曾经纠缠经历的一段漫长的感情。俄罗斯的女性诗人都有几分男儿气质，而围绕在她们身边的男人，则反而更像女人一般细腻多情。在书里折了一页普宁写在日记里的话："我不高兴，却感到幸福，是白色的满盈的幸福，一切变得宁静和纯洁，犹如白雪……在我的宅子里——花园的树正对着窗子——从窗子可以望见雪中的枝丫。安娜来了，她充满了房间，这仿佛是：冬天跑到我这儿做客来了，只有着暖意。"这一段看得我心里很是柔软，抬起头看看窗外的天空，分明望见南方四月的雪，正纷纷扬扬地飘落在朵朵白花上。

这几天，阳台上的两盆白栀子先后着花了。叶子细小的那

盆是复瓣,而前阳台那盆叶子尖长的反而是单瓣的。开始以为是水横枝,后来查看植物图谱,才确定它是山栀子。在韶关的古村里看到过硕大一株,长在无人问询的池塘边,花开满树的样子犹如绿叶上覆盖着厚层积雪。今天二哥从树木园也发来一张油桐花的照片,细碎的白花瓣如白雪遍铺了一地。还有前天夜里去散步,走了与往常不同的路。刚踏入巷子就闻见一股馥郁的香气,只见一家庭院里长着的一棵粗壮树上,几乎覆满了白色小花,一些花枝探出高高的院墙来。二哥跳起来帮我摘了两朵。拿到手里发现这小白花在中山时常可见,不过多为篱笆,从未看过长成树状的。问二哥是不是米兰,因为以前听他描述过米兰的特征,他说有几分相似,但不是。一路散步回来,还想着如何去查找它的花名。正要上楼,二哥突然叫住我,指着邻居家门口的一株绿植大声说:"那就是米兰。"惊诧之时,听见邻居在屋子里朝我们打招呼,我便举起手中的白花问他是否知道花名,结果站在一旁的路人很响亮地给出了答案:九里香。

茉莉花,花香如梦鬓如丝

书房窗台上的茉莉开了,是一种素清鲜灵的小白花。坐在窗下看书画画,心也变得格外温柔沉静。《小山画谱》里形容茉莉花:"香甜静,花小如钱。"觉得这个甜静用得实在熨帖。民歌里唱茉莉:"花开满园香也香不过它。"诗歌里也赞誉道:"一卉能熏一室香","他年我若修花史,列作人间第一香"。从中便知它为何会与栀子、白兰同为夏季香花三绝,又与兰花、桂花并称三大香祖了。茉莉也在月下盛开,一夜之间,繁花覆枝,望去像是浮了一层白茫茫的雪,故在古诗里有雪花之称,如郑金昌咏茉莉的诗句:"天赋仙姿柔枝翠,月夜清辉赏雪花。"

茉莉在佛经中称为鬘华,因时常被用来装饰鬓发。苏东坡谪居海南时，见黎族女子头簪茉莉，就曾有"暗麝着人簪茉莉"之句。夜读关于茉莉簪发的古诗，仿佛在品阅一幅幅生动的簪花仕女图。宋代杨巽斋诗曰："谁家浴罢临妆女，爱把闲花插满头。"同代许棐云则深情一片："情味于人最浓处，梦回犹觉鬓边香。"清代也如此，王士禄有诗为证："香从清梦回时觉，花向美人头上开。"在唐代画家周昉的《簪花仕女图》里，赏花游园的贵妇们的高髻上用小茉莉搭配大牡丹，柔媚中带着恬静。除了簪发外，在周瘦鹃的笔下还得知也有人将茉莉别在衣襟上，或制成小香囊佩戴在身，更有特别加工，扎成精巧玲珑的花篮，挂于床帐中的。

茉莉除了簪发也可窨茶，名为茉莉香片。在中国的花茶里，有"可闻春天的气味"之美誉。茉莉香片香味浓郁，茶汤色深，深得偏好重口味的北方人喜爱。北方人讲究酒足饭饱后来壶花茶，这个习惯从清代流传至今。《红楼梦》第八回里写贾宝玉在薛姨妈家吃酒后喝酽酽的香片茶："作了酸笋鸡皮汤，宝玉痛喝了几碗，又吃了半碗多碧粳粥，一时薛林二人也吃完了饭，又酽酽地喝了几碗茶……"这里的茶就是茉莉香片。张爱玲也以《茉莉香片》写过一篇小说，在幽雅的茶香缭绕中，品饮的却是一个苦索苍凉的故事。

自语"墨点无多泪点多"的八大山人朱耷也曾用一幅《茉莉花图》道尽平生苦索苍凉之意。此图单有一枝自左向右横斜而出的茉莉，于荒寂中透出雄健简朴之气，正是他个性倔强，奇崛冷峻的内心写照。"扬州八怪"之一的李鱓擅画兰花，在众多兰图中，独有一幅将兰花与茉莉同画的《兰熏茉馥图》。一生矜持清高而又终生落魄的李鱓，意借兰花的幽玄清雅与茉莉的高洁坚贞自喻。

有一天心生兴致，听着梁静茹的《茉莉花》画了个茉莉盘子，空灵的歌声令周遭越发静谧，世间所有皆退而隐去，唯有清风和着花香在空中飘浮。"忆曾把酒泛湘漓，茉莉球边瓣荔枝。一笑相迎双玉树，花香如梦鬓如丝。"范成大的茉莉诗里充溢着无言的酸涩，当簪着白花的鬓边渐而蔓延成苍苍白发时，幽幽花香中不知暗度了多少悠悠时光。花本无心自在开，这流转的沧桑人事与悲欢离合，到最后终也只是年华似水，浮生若梦。

一城风絮，只有桂花香暗飘过

许久之前去买菜，路过花店时买回了一株四季桂，终日搁在阳台的角落里，现已长至过人高了。晾晒衣服时常见它们开些不着眼的小花，这次又零零落落开了一些，散着一股子清香。想起小时候一首叫《八月桂花遍地开》的歌来，音乐课上嘶着稚气的嗓子高声唱了一遍又一遍，老师在一旁踩着木质的琴踏和着音。那时候还不曾见过桂花，我是从这首歌的旋律里闻见了它最初的气息。直到后来外出求学，才在异乡的校园里看见它们密密匝匝簇拥在枝头的模样：花开叶间，丛密色正，黄香浓郁。

"物之美者，招摇之桂"。从童年时代常听的嫦娥奔月、吴刚伐桂等月宫神话开始，桂花便在心里种下了高雅美好之根。

《小窗幽记》记录的花中十友里，开篇第一句即是"桂为仙友"，也许自古以来便与神话故事有所牵连，桂花由此沾染了满身仙气。至于"桂"的由来，则是因其尖长而弯角的叶脉似圭而称之。桂花品种繁多，以花色即可分为丹桂、金桂、银桂三个品种，均在农历八月开花，俗称八月桂。因花期正逢中秋月光最美之时，故古人遂将月亮里的阴影联想成了桂树。清人陈淏子辑著的《花镜》又将桂花按花期命名了四季桂、月桂两个常年开花的品种。在刚读完的《苦茶》里，周作人回忆小时候住过的院子里就有株月桂："一年里有好几个月都陆续开花"。这个园子就是鲁迅在《从百草园到三味书屋》里描述过的有皂荚树，泥墙根遍及各种花木虫鸟的百草园。周家老三，那个靠几本草木之书自修成植物学家的周建人也曾著文提及过这株桂花树。周氏三兄弟均好草木，想必与在童年的百草园闻过桂花香也是分不开的吧。

桂花的花语为"吸入你的气息"，这在许久之前就得知了。那段时期曾在友人家借宿，她家楼下种着层层密密的桂花树。蒙蒙雨夜撑着雨伞在蜿蜒小道上穿行而过，花香和着雨气萦绕在半空，联想到它的花语，觉得有股惆怅的浪漫。读到苏轼的"江云漠漠桂花湿，梅雨翛翛荔子然"，仿佛又撞入了那熟悉的心境与气息中。唐代王建的诗里也有相似的意境,不过更为清冷:"中庭地白树栖鸦,冷露无声湿桂花。"再看王维的《鸟鸣涧》:"人闲桂花落,夜静春山空。月出惊山鸟,时鸣春涧中。"在这里,桂花已非桂花,而是一朵在山间兀自开落的小花。无心随鸟去,有意从水流,一首小诗荡尽了世间风烟。前不久去隐在深山里的古村写生,山涧,宿鸟,不知名的野花随风簌簌而落,当下想到的就是王维的诗境。清人恽寿平擅花鸟,素来以清净作画,扇面《桂花三兔图》里的金桂散着一股不染尘埃的仙风道骨气,"不愁明月尽,自有暗香来。"桂花成了文人墨客孤俏幽僻又俊逸从容的心之所寄。

2011年的冬天,整整有一个月,每天背着画夹去老城区画骑楼,戴着耳机中毒一般循环不断地听唐蕊唱那首《八月桂花香》:"人随风过,自在花开又花落,不管世间沧桑如何,一城风絮,满腹相思都沉默,只有桂花香暗飘过。"她的声音带着一丝哑然,像历尽沧桑而又波澜不惊地诉说着明日黄花。在这番心境中,看着熙熙攘攘的车辆与行人在日渐残旧的骑楼下徐徐而过,就像置身于一幕幕无声的黑白电影中,联想到海子的诗,心头更是涌起一股哭不出来的浪漫情怀:"活在这珍贵的人间/太阳强烈/水波温柔/一层层白云覆盖着/我踩在青草上/感到自己是彻底干净的黑土地。"此刻,我们在这珍贵的人间,正闻着幽幽花香热情地活着,爱着,纵然一城风絮,终也只有桂花香暗飘过。

忍冬花的黄昏

这几天零零落落地看张宗子的《一池疏影落寒花》，这是看过的他的所有书中最喜欢的一本。他用沉静而内敛的笔调幽幽描述着旅居异国的感官碎片，满纸浸满了植物的芬芳。其中有一篇写到红色忍冬。第一次知道忍冬花还是在博尔赫斯的诗里："只感到茉莉和忍冬的香味，沉睡的鸟儿的宁静。"当时不知这忍冬为何物，困惑了好长一段时间，后来才弄清原来就是常见的金银花。金银花只见过黄色与白色的，红色忍冬还是第一次听说。张宗子在书中描绘道："这忍冬不作金银二色，是粉紫色的。起初我以为是常见的那种紫茉莉，因为花形相似，都是细茎喇叭口的。我没想到世上还有这样颜色的忍冬。偏于粉红的紫色，一般来说不太明亮，但此处的粉紫色却像含了光。"

当我闭上眼睛,试着将这种紫红花色与忍冬的花形在脑海相连,触摸到的却是这样一番景象——落日,黄昏,一个孤独的男人独自行走在异乡僻静的街头。漫无目的的脚步骤然停留在某个墙角,一丛红花忍冬正杂乱无序地爬在藤架上,披染着一身夕阳西下的霞光。徐徐吹来的风里的花香,似乎也沾染了不着边际的淡淡忧伤。这遥远的熟悉的气息,与咫尺的陌生的花色,令过去与现在交织在一起,在黄昏的暮色里泛着幽静的光芒……

几年前的一个夏日雨天,去广州找博尔赫斯,当然不是本人,而是一家书店。临近傍晚时回中山,一个人坐在汽车最后一排靠窗的位置上,有一搭无一搭地翻着在书店买来的博尔赫斯诗集。车孤独地行驶在高速路上,雨不知什么时候停了,傍晚的天空,幻梦般遍布着游离不清的云彩,淡淡的,寂寥的,像是博尔赫斯年轻时诗里遍及的黄昏。忍冬花就是属于这样的黄昏吧,或沉默或歌唱,或盲目或忧伤。然而有一天,老去的他又感慨而言道:"那时候,我向往日落,郊外和忧伤,如今我喜欢黎明,繁华的街市和宁静。"蒙着一层诗意的忧伤任时光老去,也许有一天再回首时才发现,忍冬花的黄昏,原来只是很久很久以前做过的一个梦。

菡萏香来,荷影长

去年夏天,第一次在《中山客》上读到余菊庵先生的《岁暮步行至逸仙湖》,非常感动。

"出门始信老,扶杖步仍艰。傍晚行人少,冲寒笑我顽。荣荣凭造物,游戏寄尘寰。暮境幸无罣,徜徉山水间。寥寂林深处,悠闲看一翁。阳光炙我背,湖水荡入胸。且领荒寒味,旋惊岁月匆。飘萧万条柳,默默待春风。"

全诗平淡,真切,是一个垂暮之年的老人如白荷般淡然超逸的心语,带着一点儿看透世事,游戏人间的自嘲。

初夏的现在,蝉声阵阵,逸仙湖品石轩里的白荷花已经开

了。今早难得的凉爽,带了一本书过去坐在荷塘边看。去年夏天也是这样一个清晨,坐在同样的水边画这片荷池。画至半途突然下起了雨,雨丝像含着光的细线,从半空明明晃晃地落下,继而化成雨滴滴在荷叶与水面上。隔着几步之遥坐在岸上的我,被头顶繁茂的枝叶遮挡着雨水,恍然觉得自己置身在一个游离的梦境中。

与这池白荷遥遥相对的是一池红荷。按理说身在水乡的人对荷花素来是不陌生的,然而小时常见的多是单瓣的白荷,红荷却鲜少可见。汪曾祺写过一篇小说《鉴赏家》:果贩叶三与喜画荷花的画家季匋民相投伯牙子期之缘。有一天叶三送来一大把莲蓬,画家趁着高兴劲当场挥就了一幅墨荷。叶三一看画中带着好些莲蓬,忙说不对,道了句俗语:"红花莲子白花藕"。莲子大应是红荷,而画家画成了白荷。孤陋寡闻的我直到看了这篇小说,才得知红白二色的荷花存有这般差异。

现在荷花多了许多观赏性的复瓣品种,然而看着总不及单瓣的来得朴素自然——过去的事物与年代一样,没有华丽的外饰,更多的是直指心性的简淡率真。因连着一层朝夕相伴的关系,故荷花一直给我的印象并非古诗里的高处不胜寒,而是极为亲民的邻家花。记忆中每个童年的夏天总是遍及雷雨天,天瞬间暗沉下来,随即涌来阵阵大而凉爽的风,糅杂着干燥的泥土气息与潮润的雨丝,将河流湖泊里连片的荷叶吹成了层层翻涌的绿浪。眼看雨一点一点地逼近了,也会饶有兴致地去摘那朵离水岸最近的荷花,连带折上旁边的荷叶。常有青蛙嘣的一声从荷叶上跳起来窜进水里,会一边惊吓得直喘气,一边忙着将荷叶倒扣在头上,急促地举着荷花在大雨中欢跑回家。这是许多年前的事了,漫溢着荷香的夏日场景却依然清晰鲜活地历历在目。

荷花古称菡萏,《浮生六记》里有"夏月柳阴浓处,菡萏香来,载酒泛舟,极有幽趣"。文中这样真性情的话语随处可摘,这大概也正是这部著作打动人的原因所在。手中拿的这本《北大回忆》,作者张曼菱是季羡林的学生。当张曼菱最初起意写一本关于北大往事的书时,问老师怎么写,季说了一句:"像《浮生六记》那样写。"最后这本书果然以"六记"的方式呈现了出来,其中有一记写北大的勺园。四年前,正是现在这个时候第一次去了北京,而稀里糊涂乘坐地铁到达的第一站就是北大。最记得那天绕着校园漫无目的地游走时,曾坐在勺园曲曲折折的荷塘边看满田的荷叶。而一年后也是同样的六月初,每天则穿过清华园里朱自清笔下的荷塘去圆明园上国画课。那时每到上午十点钟,就有人聚在荷塘岸边的空地上跳舞,背景音乐是当时红透街角的凤凰传奇的《荷塘月色》。几年过去了,当初在圆明园门口的古籍书店买的那本《中国荷花审美研究》至今从未完整地翻过一遍,却深深记住了这首歌词里平实的莲水鱼欢:"我像只鱼儿在你的荷塘,只为和你守候那皎白月光,游过了四季,荷花依然香,等你宛在水中央。"串串往事像藕丝连成的线,在泛着幽香的如梦浮生里,拉得悠长悠长。

木木芙蓉水边蓼

傍晚在旧颐老院的十字路口等红绿灯时,看见长在路边草坪上的一排已成树状的木芙蓉已经开花了。柔艳的玫红,直直地挺立在细长枝丫的顶端,树干太高,要仰起头才能看得见。一直很钟情锦葵科的花,如果说木槿是不施粉黛、素朴清秀的邻家妹妹,那么,木芙蓉就是外表看似柔弱实则内心硬朗又多情的俊秀男子。其实在古时,芙蓉原指荷花。因木芙蓉艳红的花色似荷花,故也得其名。后来为了加以区分,才有了水芙蓉与木芙蓉之分。曹雪芹在《红楼梦》里将林黛玉比作芙蓉,"质本洁来还洁去,强于污淖陷渠沟"。这句判词里的口吻,暗指的分明是水芙蓉,而木芙蓉似乎更接近贾宝玉的气质。《广群芳谱》中称木芙蓉"清姿雅质,独殿众芳。秋江寂寞,不怨东风,可称俟命之君子矣",这与我的感觉是相似的。

周瘦鹃写过一篇《水边双艳》，依据亲自种植的经验断定木芙蓉也是喜水的，宜与红蓼搭配相种于池边："说也奇怪，我的园子里所种的这两种花，有种在墙角的，有种在篱边的，似乎都不及种在池边的好。足见它们是与水有缘，而非种在水边不可了。"蓼生水泽，这是无需赘言的。古时水运发达的地方，码头两侧往往遍及红色的蓼花，故许多离别诗里都有红蓼的身影。素来对夹岸而生的红蓼不算陌生，却从未见其与木芙蓉同时开在水边的景象。二者均身姿曼妙修长，随风摇曳时倒映在水中的样子，想必是一幅清丽动人的画面。

现在居住的石岐老街，据说也曾水域遍及，可惜后来涓涓河流均被填土成了路。有一回路过拱辰路上的启贤坊，见这小院门前掩着成荫的紫荆，沉静低调地隐在喧闹的马路上。走进去，院内几株挨墙而种的正开着淡柔粉花的木芙蓉，一下子勾起了我画画的兴致。正低头画着，屋子的女主人走出来说，她的房子已经一百年了，而她本人也已有九十岁。这个老婆婆面色白里透红，精神奕奕，有着不符年龄的清晰口齿。突然想，在她还是小女孩的时候，这个庭院会否也曾临水而居着？

有一首关于红蓼的诗，意境很美："山野低回落雁斜，炊烟茅屋起平沙。橹声归去浪痕浅，摇动一滩红蓼花。" 这首诗写于元代，元代的石岐还是一片石岐海。我就想着，在某一面苍郁的背山临水处，也曾有过这样一间炊烟袅袅的茅屋。蒙蒙的清晨，雾开始一点一点地散去，游弋在海面上空的朝霞渐渐卷起层层面纱。木芙蓉在岸边吐露着如美人淡妆般柔艳的新颜，挂满露珠的蓼花正随一艘木船有一搭无一搭地摇着摆着。而独居于幽处的岸上，坐在这宁静悠远的晨曦里的人，正对着一张琴，一壶酒，一溪云，听见海水轻打着浪花。

女人花夹竹桃

已到五月末,走在路上,属于夏天的花都已经开了,鸡蛋花、凤凰花、夹竹桃、紫薇,还有名字不怎么动听,花形却很素淡的狗牙花。一树一树的红与白,开得璀璨而热烈。生完孩子后,迅速地消瘦了下来,在这个夏天来临时,重新穿上美丽的细腰裙子,走在路上有重新坠回兔子洞前的晕眩感。还记得去年此时,每天挺着大肚子坐在清晨的光韵里看泰戈尔诗集,夏天的风吹得叶子沙沙作响的细絮声,分明还清晰地在耳边萦绕。

"我一次次克制不住地向往外面的世界,不过是迷恋独自面对世界的方式。"这段时间在看陈丹燕的《精神故乡》。我被这本书迷住了,或者,更确切地说,我被这个女人迷住了。我每天带着这本艳红封皮的书路过一片开得同样艳红似火的夹

竹桃。大朵大朵的夹竹桃花沉甸甸地压在枝头,那么妖娆,那么深情,那么决绝,像梵高笔下的《马约里卡瓷瓶中的夹竹桃》,炙热又颓败,挣扎又安然。

盛放盛谢,飞蛾扑火,用尽全力地爱,也用尽全力地恨。这样的花总让我联想到女人。影片《白色夹竹桃》就是用夹竹桃来暗喻女人。女主人公美得清冷妖娆又身带毒性(这里的"毒性"指的是性情)。事实上,夹竹桃与曼陀罗一样,也是有名的毒花,其叶、树皮、根、花、种子均含毒素。夹竹桃很少被人种植在庭院。有一种说法是它们不愿被人带回家栽种,固身附剧毒,一叶即可致命。泰戈尔写过一个剧本,名为《红夹竹桃》。如血之红的夹竹桃被充当为定情礼物,寓示了送花男子与收花女子的悲剧命运。被赋予艺术色彩的夹竹桃,都是美丽而刚毅的。

素馨茉莉六月雪

今天才知道婆婆家楼下漫天遍地的小白花原来就是六月雪。花名中带"雪"字,真是别有浪漫的意味。对这个名字熟悉是因为曾在《花镜》上看到过关于它的介述:"六月雪,一名悉茗,一名素馨。六月开细白花。树最小而枝叶扶疏,大有逸致,可做盆玩。喜轻荫,畏太阳,深山叶木之下多有之。春间分种,或黄梅雨时扦插,宜浇浅茶。"《花镜》常年放在伸手可及之处,成为翻看最多的书籍,除了查阅植物信息之外,更主要的原因是爱读书中的文体。它仿佛散着淡淡的茶香味,有一股不疾不徐的自在从容。

六月雪的别名悉茗,其实也是素馨的别称。素馨与六月雪虽然极为相似,却是完全不同的两种植物。在各处邂逅素馨的

身影，素馨总是充当着熟面孔，多重身份的角色。比如《花镜》里，素馨是六月雪，在印度，素馨却成了鸡蛋花的代称。而在更多的场合，则将素馨与茉莉混为同一种花。大概是因为素馨与茉莉的英文单词都是jasmine，以致很多英译诗版本两种译法都有。比如吴岩译的泰戈尔的《第一次手捧素馨花》，在另一些译本里，大都译成《第一次手捧茉莉花》。还有塞弗里斯的《素馨》，李野光的译本是："无论是天黑／或者是天亮／素馨永远是／洁白的。"而林天水译的则是茉莉。

　　第一次听闻素馨，很为这个素雅别致的花名心动。素馨原名耶悉茗，从书中所查均显示此花与广东有渊源。晋朝嵇含的《南方草木状·耶悉茗花》："耶悉茗花、末利花（茉莉花），皆胡人自西国移植于南海；南人怜其芬香，竞植之。"宋朝吴曾的《能改斋漫录·方物》："岭外素馨花，本名耶悉茗花。"宋朝高似孙的《纬略·耶悉茗油》："耶悉茗花是西国花，色雪白，胡人携至交广之间，家家爱其香气，皆种植之。"另还有一个传说，据称五代十国时，素馨原是广州海珠区庄头村的一位种花姑娘，后被甄选入宫，成为南汉末代皇帝宠爱的宫女，因其平素喜簪耶悉茗花，后人便将此花更名为素馨。特意查了一下,广州海珠区的庄头村确实是存在的,而且还是广州最古老的花市。庄头村素来以种植素馨闻名,被称为"花田"。由此而知,过去广州花市最流行的年花是芬芳四溢的茉莉和素馨,而非现在的观赏桃与金橘。

去年为了区别这两种花,特意买了一株素馨回来种。在阳台上风吹雨淋了一年,绕着篱笆长出了细长柔软的枝藤,正像《广群芳谱》记载的一样:"枝条柔长而垂坠,须屏架扶起,不可自竖。"而刚劲秀茂的茉莉则无需"屏架扶起"。就花形来说,素馨花含苞如针状,也如枝叶一样优雅细长,而茉莉则圆润许多。关于两者的共通之处,宋朝诗人陈宓有一首《素馨与茉莉》说得很动情:"骨细肌丰一样香,沉香亭北象牙床。移根若向清都植,应忆当年瘴雨乡。"沉香的点点小白花,化成纷纷扬扬的白雪,染白了盛夏六月的天。这不得不说是大自然赐给南方的另一种浪漫。

初秋的朝颜

已经是九月了,尽管南方夏日的暑气仍未散尽,但总感觉已经步入了秋天。每当秋天来临,我就会下意识地把里尔克的诗集找出来读。他的《秋日》真是道尽了人世的孤独与漂泊:"谁此时没有房子,就不必建造。谁此刻孤独,就永远孤独,就醒来,读书,写长长的信,在林荫路上不停地徘徊。"想到曾经远去的那些秋日,听着顺子的《Dear Friend》独自徘徊在落叶纷飞的林荫路上的孤寂时光,久远得仿佛已经是上个世纪的事了。

去年初秋,中秋节的第二天,孩子提前半个月出生了。抱着他从医院回家的时候,发现之前在阳台上播种的牵牛花开了,是我盼望了已久的淡蓝色。氤氲静柔的蓝,像天边一抹淡淡的云彩。民国时期的小说家罗黑芷曾经写过一本如今早已绝版的

诗文合集，书名叫《牵牛花》，其封面上绘有一株简单的牵牛花。前言读来令人戚戚然："早起，立窗前漱，徐徐视阶下竹枝上有叶蔓相缠，槿花数朵正盛开，其色明，其气清，晓日方出，雾露未晞，而花萎蔫。"槿花不是木槿，是牵牛花。牵牛开在晨光方晓时，午间萎蔫。转瞬即逝的花开又花谢，不免给人徒增感伤的情愫吧。柯卫东在《旧书随笔集》里评价说："这是一本弥漫着忧伤情调的集子，但也偶然会露出一点快乐的笑容。"这句话用来形容牵牛花给人的感觉似乎也很合适，当然还有我那段时间的心绪。

孩子出生的最初，总是不知缘由地情绪低落，后来才了解是产后抑郁症。生活因一个小生命的降临而彻底改变，像硬生生从一个熟识的轨道被猛然推入另一个全然陌生的无底洞，那种慌乱无措是从身体蔓延到心里的。是每日清晨开在朝阳下的温柔素净的蓝，一点一点抚平了紧绷的神经。有一天抱着孩子下楼散步，鬼使神差地步入了一个从未踏及的路口。小路一旁倚着一塘池水，繁茂的枝叶隐隐遮蔽了水面，而路的另一侧则是一片无人打理的荒地。丛丛不知名的杂草上，铺满了盛开的牵牛花。偌大一片蓝，星星点点一般缀在绿草间，令人恍惚得有如置身在梦境里。实在惊讶,为什么挨着这里住了好几年,几乎每天都来此散步,却从未撞遇过这片期慕已久的蓝?从这一天开始,每天下楼看花成了一天中最大的休憩与期待。有一次甚至带了画具下去绘画。坐在荒草丛中迅速地涂抹,然而最终也没能画完,因为要赶回去哺乳。大概当时我也并非那样迫切地渴望完成一幅画,想要的也许仅仅只是涂抹本身——在骤然改变的生活面前,还能抓住一些熟悉不变的温存。

鹤西先生在八十岁时写过一本《初冬的朝颜》,这本散文集从书名到内容都弥漫着一丝远离尘世喧嚣的清淡意。老人在书里用淡然的口吻谈书谈人,谈生谈死,字里行间渗透着超然物外的洒脱与通达,犹如长在庭前阶外的朝颜一样生也从容,败也随意。朝颜就是牵牛花,是日本对牵牛花的称号。去年此时,我正靠在床头看这本书,孩子在一旁安睡,几朵晨曦里的朝颜开在半隐的窗帘外。恍然间,一年倏逝,又一个秋天来临,孩子也已经一岁,我们从当初的住处搬到城市的另一端,安了家。今早我抱着他在新家的露台上散步,看见倚着篱笆而生的朝颜又开了。去年的种子,今年的花,在晨光的映照下,布满了令人心安笃定的光芒与温柔。

爱之蔷薇

雨下了一整夜,这两天在花园里怒放的蔷薇,一夜之间,挥洒了一地花瓣。置身在满地花瓣中画画时,不禁被这盛放盛谢如飞蛾扑火般炙烈的爱情气息所围绕,脑子里不断浮现法国诗人耶麦的《屋子里充满了蔷薇》:

屋子里充满了蔷薇和黄蜂,
在午后,人们会在那儿听到晚祷声,
而那些颜色像透明的宝石的葡萄
似乎会在太阳下舒徐的幽荫中睡觉。
我在那儿多么地爱你!
我给你我整个的心,
(它是二十四岁)和我的善讽的心灵,

我的骄傲,

　　我的白蔷薇的诗也不例外。

查了一下,在法国,蔷薇的花语的确意即"疯狂的爱"。这夏天暴雨般极致的爱的气息,也弥漫在屠格涅夫的笔下。随笔集《爱之路》里,蔷薇开得炙热又迷乱,这是在他的小说笔调下从未触碰过的温度。然而,关于爱的诠释方式,更打动我的是小说《南方和北方》里,桑顿千里迢迢去到爱人玛格丽特的家乡,悄悄摘下她家篱笆上的一朵蔷薇。

槿艳繁花满树红

扶桑是岭南常见的花种,叶似桑叶,故其名。清代吴震方在《岭南杂记》卷下记之:"扶桑花,粤中处处有之,叶似桑而略小,有大红、浅红、黄三色,大者开泛如芍药。"扶桑品种繁多,在古代,只有大红花色的扶桑才被专称为朱槿。西晋植物学家嵇含在所著的《南方草木状》中提到:"朱槿花,茎叶皆如桑,叶光而厚,树高止四五尺,而枝叶婆娑。自二月开化,至中冬即歇。其花深红色,五出,大如蜀葵,有蕊一条,长於花叶,上缀金屑,日光所烁,疑若焰生。一丛之上,日开数百朵,朝开暮落。"明代李时珍的《本草纲目》第三十六卷也有相关的记载:"朱槿,产南方,乃木槿别种,其枝柯柔弱,叶深绿,微涩如桑,其花有红、黄、白三色,红色者尤贵,呼为朱槿。"

在中山，大红扶桑常被用作庭院绿植，本地人亲切地称它为大红花。家住逸仙湖时，经常穿过小巷的一排倚墙而生的扶桑去买菜。大朵大朵的红花常年如向日葵一样朝气蓬勃地向阳而开。事实上，扶桑的确暗指太阳。晋代陶潜《闲情赋》云："悲扶桑之舒光，奄灭景而藏明。"古代文学史研究专家逯钦立先生校注道："扶桑，传说日出的地方。这里代指太阳。"

看严歌苓的小说《扶桑》，作者描述女主人公喜穿"深红的薄绫罗"，飘至脑海的就是小巷中的那排大红扶桑。严歌苓于1989年赴美，嫁了一位白人丈夫，曲折的文化隔阂让她明白，只有坚韧与顽强才能在夹缝中活下去，并绽开出美丽的花朵。扶桑插枝即活，是一种生命力极强的植物。花开时，外表热情豪放，却有一个由诸多细密小蕊联结而成的独特花蕊，恰如热情外表下的一颗纤细之心。严歌苓在撰写《扶桑》时，扶桑花特殊的构造与特性带给了她某种启示吧。

剪秋纱

一早起来看捷克作家卡雷尔·恰佩克的《一个园丁的一年》，其内文幽默生动，令人不时捧腹大笑。配图也极诙谐，充满了漫画式的童趣。配图出自他哥哥约瑟夫·恰佩克之手。这本书还有两个版本，书名分别为《恰佩克的秘密花园》与《与花草有约》，其中《与花草有约》的副标题就是《恰佩克兄弟迷人小书系列》。他俩还合作过的书是一本童话集《猫狗小英雄》。卡雷尔·恰佩克想象力丰富，擅长的领域是科幻、侦探与童话。1936年他被提名诺贝尔文学奖，两年后感染肺炎去世，只活了48岁。《一个园丁的一年》是恰佩克唯一的一本自然文学随笔，被誉为"这个来自波西米亚乡下的农民留给世人最珍贵的礼物"。

卡雷尔·恰佩克的父亲是一位钟爱园艺的乡村医生，热衷

在庭院种植花草。自小与植物朝夕相处的恰佩克受其影响也成了一位园艺迷。《一个园丁的一年》并非是园艺指南之类的技术性书籍，它描述的是一位园丁在12个月里收拾花园的故事。理所当然的，内文罗列了诸多花名。长串的花名总是令我着迷，读起来就像一场曼妙的旋律。然后我就在郁金香、薰衣草、金盏花、向日葵、波斯菊这些西洋味十足的花名队列中赫然发现了剪秋纱的身影。

没错，是剪秋纱。

之所以顿感惊诧，是一直自以为是地以为剪秋纱是中国专属的花种。这种想当然的主观认定，不过是因为它的出处。第一次看到这个花名是在明末清初的文学家张岱的《金乳生草花》里，也是一段描述园艺心得、花名聚集的段落，忍不住整段录之："草木百余本，错杂莳之，浓淡疏密，俱有情致。春以罂粟、虞美人为主，而山兰、素馨、决明佐之。春老以芍药为主，而西番莲、土萱、紫兰、山矾佐之。夏以洛阳花、建兰为主，而蜀葵、乌斯菊、望江南、茉莉、杜若、珍珠兰佐之。秋以菊为主，而剪秋纱、秋葵、僧鞋菊、万寿芙蓉、老少年、秋海棠、雁来红、矮鸡冠佐之。冬以水仙为主,而长春佐之。其木本如紫白丁香、绿萼、玉碟、蜡梅、西府、滇茶、日丹、白梨花,种之墙头屋角,以遮烈日。"

当时看这段文字,一下子就被"剪秋纱"所吸引。内文特别对其注释道:"剪秋纱,一名汉宫秋,系石竹科宿根草。叶似春罗而微深有尖,八九月开花,有大红、浅红、白三色,尖俏可爱。"特意查了一下,剪秋纱与常见的龙船花有几分相似,小花拥簇成团,不过花瓣更为尖细,用"尖俏可爱"来形容,真是神似。其实我当时更感兴趣的是"剪秋纱"这个花名。孙俪主演的电视剧《甄嬛传》里,皇后的贴身侍女名"剪秋",是否因此花名而来?

阅读的魅力大概就在于此,不同时期,不同年代,不同血液的人,因为某个细微的共同点而穿越茫茫时空偶然交会。我现在最关心的事情是,沙岗墟的花市是否有剪秋纱?我想搬一盆回来种在花园里,因为它是恰佩克与张岱偶然交会时互放的光亮。

蓝雪花，枕草子

阿花乔迁新居，特意留了一面落地柜面交给我画。这一天，我带着画具到她家，将她家阳台上的花花草草"开"到了柜子上。痴花成迷的阿花对这面"花柜子"很是满意，说以后如果搬家，一定要把柜子拆下来一起带走。而后，她将画作的模特之一——那盆开得静谧柔美的蓝雪花送给了我。我喜滋滋地抱了回来，又意犹未尽地画了一幅。这盆蓝雪花的花色很是特别，不是纯粹的蓝，蓝中带了少许紫，在清晨的蒙蒙雾色里显得格外的氤氲仙气，使我不由自主地想到《枕草子》开头的第一段："春，曙为最。逐渐转白的山顶，开始稍露光明，泛紫的细云轻飘其上。"将"春"替换为"蓝雪花"也倒是难得的契合，怕是清少纳言见了，也会心生同样的感怀吧。

今年最重要的遇见，即是清少纳言与她的传世之作《枕草子》。清少纳言是日本著名的歌人，和紫式部、和泉式部并称为日本平安时代的三大才女。她的一生不足六十载，两度婚姻都匆匆结束，后半生颠沛困苦，中间真正可以说得上幸福的日子，大约只有从二十七岁起的短短七载。这七年之中，她作为女官随侍中宫（也就是皇后）藤原定子。定子比她小了差不多十岁，素来也以才思敏捷著称。这两人虽说是主仆，但心灵相契，更像姐妹或友人。定子皇后在生第三个孩子时难产死去，终年二十三岁。定子亡后，清少纳言出宫归隐，以书写的方式纪念定子与往昔，这本书就是被后世誉为"日本散文鼻祖"的《枕草子》。

几年前买过一本林文月译的《枕草子》，除了熟知第一句之外，一直搁在书架上无意问津。这次因为翻看周作人的版本，便将林译本找出来对比着读，不曾想，这一次拿起就再也没有放下。其后，又意犹未尽地分别读了于雷与黄悦生的译本，并生出学日语读原版的强烈意愿。平时也情不自禁地留意一切有关清少纳言的只言片语，对她曾经的生活之地平安京，也就是现在的京都也滋生了了解的渴望。这一切衍生的后续是——果真从五十音图学起了日语，也依次看了一系列关于京都的书，如奈良本辰也的《京都流年》，描述京都历史的《京都千二百年》，川端康成的以京都为蓝本的小说《古都》，还有林文月写的《京都一年》，留日学生苏枕书的《京都古书店风景》。

《枕草子》的魅力到底何在，借用印在黄悦生译本腰封上的那句话："素面朝天的明净与妩媚"。三百余段，世间风物的自然流转，日常琐屑的情趣体悟，细碎地一路写着，既凝聚了清少纳言自身的文学观和审美观，也是作者真实性情的再现。因此即使隔着漫漫千年与异国语言，借用译文，也依然能触摸文字背后那颗明媚善感的心。纵观全篇，清少纳言使用最多的词汇是"很有意思"，"甚是有趣"，按理说，这样时时对自然之美生出感叹的生命底色，她是不应该有的。服侍风雨飘摇的定子一家，她应该会常常忧虑才对。然而，在这种情况下依然对风物之美不变更地体味，正是清少纳言明朗性情的侧面写照，那是一种来自生命的感知力，既温婉，又坚不可摧。

紫阳花与四君子

整理看过的日本文学书籍，发现一个极有意思的现象，好几本小说的书名都与花有关。如渡边淳一的《紫阳花日记》，夏目漱石的《虞美人草》，青山七惠的《紫罗兰》，志贺直哉的《牵牛花》。这一方面与我本人痴花爱草有关，是潜意识里的有意而收之，同时也可看出，日本人对花的审美是艺术的，也是精神的。解语以花名为书名的小说，大致就能解语其内蕴。如紫阳花的花语，意为背叛与对爱情的不忠贞，《紫阳花日记》就是一部关于夫妻冷战、互相偷窥，陷入情感深渊的小说。小说中女主角每日记下私语的日记本的封面就是紫阳花，有暗喻之意。同样的道理，清寂淡然的牵牛花，纤弱圣洁却命运堪虞的紫罗兰，花开即败如一瞬、妖冶而热烈的虞美人，也同样意指了《牵牛花》《紫罗兰》《虞美人草》的风格与蕴意。

志贺直哉的《牵牛花》，书名原为《朝颜》，朝颜是日本对牵牛花的称号，按照中国语的习惯，译者将其改为牵牛花。志贺直哉的书国内引进得不多，我手上的这本《牵牛花》是他的散文小品与小说的合集，1981年湖南人民出版社的版本，译者是作家楼适夷先生。看这本书时正值初秋，阳台上种植的牵牛花正值花季，我就坐在清晨的牵牛花下看完了这本书。在薄雾晨风里淡然诉说的沉寂口吻，令我想起鹤西先生的《初冬的朝颜》，也是同样的笔触与心悸，风过处，留下一丝萦绕不去的落寞与怅然。朝颜与紫阳花，都是极其符合日本民族审美的花，隐藏在背后的是典型的物哀精神与顺从自然、素雅高贵的审美意识。而符合传统的中国审美的花则是号称"花中四君子"的梅、兰、竹、菊，分别象征的是：傲、幽、坚、淡——梅高洁傲岸，兰幽雅空灵，竹虚心直节，菊冷艳清贞。

风信子的情意

我的钢琴老师是位美丽善良且重情意的女人。初来中山时，是她给予了我在这座城市最初的温暖。这么多年过去了，因为她，我对钢琴的兴趣丝毫没有退减，也因为我，她迷上了画画，并且爱得深挚执著。基于彼此惺惺相惜的珍视与相投相契的性情，我们相处得越发亲密默契了。汪曾祺说他与父亲是"多年父子成兄弟"，而我和钢琴老师则是"多年师生成姐妹"。她知道我爱花，每次来看我都会带上一束花。前几天，她又送了我一棵玫红色的风信子，装在一个小小的玻璃杯里，已经长出了长长的根须。年初时也曾养过一棵粉红色的风信子，坐在窗台边用红色圆珠笔随手画在一张卡纸上。画在纸上的风信子温淡轻柔，像天空偶尔飘过的一片云。

今天，我在大江健三郎的随笔《宽松的纽带》里也看到了风信子的手绘图，大概是彩色铅笔画的，画得很写实，笔法却很温柔。《宽松的纽带》与《康复的家庭》《在自己的树下》一起被称为大江健三郎的温暖人文书系，写的是家庭日常与生命感悟。这套书的配图均出自大江的太太大江由佳里之手。常在她笔下出现的是一些植物花卉，如茶花、梅花、樱花、紫盆草、麝香萱、白百合……她在自家的庭院里种满了花花草草。做家务的间隙对着这些植物写生是她生活最大的乐趣。她是个平常的家庭主妇，一生隐没在作家丈夫的光环背后，过着相夫教子的平静生活。最令人感佩之处在于，她耐心抚育并陪伴天生智障的大儿子长大成人，并成功将他引导成为一名作曲家。在大江健三郎以自家生活为蓝本撰写的小说《寂静的生活》所改编的同名电影里，那个穿着碎花围裙、优雅贤淑的大江太太很符合我对她的感官想象：爱花草、爱画画、心智美好、温暖且有力量。这部电影的导演是日本的名导伊丹十三，他还有一个身份——大江由佳里的哥哥。

年华似水,蓝蝶纷飞

2014年的夏天,72岁的法语翻译家周克希先生决定停止翻译《追寻逝去的时光》剩余的4卷。他慨叹地引用了法国作家法朗士的一句话来形容自己的心情:"人生太短,普鲁斯特太长。"当听闻这则消息时,我想到了张爱玲的人生三恨:"一恨海棠无香,二恨鲥鱼多刺,三恨红楼未完。"没有完整版的《追寻逝去的时光》也算是我此生莫大的憾事了。似乎是为了安抚读者的遗憾情绪,2016年年初,周先生新出了《〈追寻逝去的时光〉读本》.这是译者在保留原作情节主干的原则上选译七卷本而成的选读本。此书对于期待完整周译版本的读者来说,也不失为一桩值得庆幸的喜事。

《〈追寻逝去的时光〉读本》刚拿到手时,我一眼就喜欢

上了它的封面——几缕蓝紫色的藤蔓轻盈地飘坠在白色封面上，细密的叶子点缀其间，像是翩翩纷飞的蓝蝶。巧合的是，家里的那盆蓝蝴蝶现在也正值花期，从去年夏天到现在，它已经为我开了几百朵花了。花如其名，蓝蝴蝶的花形像极了蝴蝶，花瓣是翅膀，细长的花蕊则是触角，花开满枝时犹如群蝶停歇在枝叶间，仿佛随时都会展翅飞去。这盆蓝蝴蝶是一口同学送的，配了一个深蓝釉彩的花盆，如她本人一般温润雅致。几年前，我因缘际会地教几个与我年龄相仿的女孩画画，她就是其中一个。大概有半年的时间，我们每个周末都聚在一起画画，风和日丽的时候外出写生风景，下雨天则窝在屋子里写生静物。她们是一群对生活心怀热忱的女孩，与她们相伴的时光是宁静美好的，也是轻松愉悦的。那一年，与我温存做伴的，还有普鲁斯特。

与普鲁斯特结缘是2011年的除夕之夜。我从书架上随手抽出一本书躺在床头看，不觉间，一股无以言说的力量将我引领至另一个世界，周遭渐而隐去，响彻在耳畔震耳欲聋的鞭炮声也继而消失了。我将手放在胸口，心跳个不停。这本充满魔力色彩的书是普鲁斯特的《去斯万家那边》，《追忆似水年华》

的第一卷,译者是周克希。他将《追忆似水年华》这个公认的诗意的书名按照法语习惯直译成了《追寻逝去的时光》。这本书是很久以前从万有引力书店的旧书区淘来的,边角有些磨损,辗转随我搬了几次家,始终搁在书架上无意问津。念大学时,曾在学校的图书馆怀着敬畏的心翻开过这本著作,看了几页又敬畏地放回了原位。我一直以为,与一本书的缘分需要心灵的相契,当然,就译本来说,与译者的关系也是不容忽视的。就是这个时候,我留意起了翻译家周克希先生。周先生原是华东师范大学的数学老师,去巴黎进修时爱上法国文学,而后辞职做了专职翻译。八十年代末,他应译林出版社之约,参与翻译了《追忆似水年华》(合译版译名)的第五卷《女囚》。这套由15位译者翻译的巨著于1991年出齐,是国内最早的一套完整译本。

虽然这套巨著在当时好评如潮,刚面世即引起轰动,但周先生认为普鲁斯特的作品是不宜合译的。多人合译导致风格的不统一,对原作的理解不同,语言的诠释也存在差异。于是自2003年开始,周先生决定独立重新翻译。历时一年半,他完成了第一卷,斟酌再三,决定把书名改为《追寻逝去的时光》。他说:

"这个书名虽不像《追忆似水年华》那么漂亮,却更贴近法文书名。其实,普鲁斯特在世的时候这部名作出了英译本,取的书名也很漂亮。但普鲁斯特看到后立刻给伽利玛出版社写信,很决绝地表示这样翻译'把整个书名全毁了'。我愿意尊重普鲁斯特,不想再毁他一次。"

看卷一《去斯万家那边》时,周先生翻译的卷二《在少女花影下》已经出版了。那个时候,我患了严重的失眠症。这两本书陪我度过了许多不眠的夜晚。那些萦绕在梦呓般的长句里的微妙而细腻的气息,像一双温柔的手,一点一点抚慰着我内心的焦躁与不安。而后,我又买了译林出版社的那套完整版本的《追忆逝水年华》,开始一本接着一本地往后读。这场漫长的阅读像是一场漫长的梦境,伴着我从生活的颠沛流离到最终的心安笃定。当合上第七卷的最后一页时,已是年末,我在读书笔记中写道:"从去年除夕夜翻开第一页开始到掩卷的现在,差不多陪伴了整整一年,普鲁斯特并非用浩瀚七大卷来讲述一部情节跌宕的史诗,而是赋予了阅读人另一双看待生活的眼睛,以此欣赏与感知生命。如果说今年最大的收获是什么,那一定是在书中似乎能触摸到体温的字里行间让我收获的静与慢。"

阅读普鲁斯特的时刻,让我想到洁尘形容她阅读梅·萨藤时的感受:"这样的阅读和这样的冥想,都是一种内心的东西。它们很安静,很抚慰,很柔和,同时也有一种绝望。这种绝望的重量非常合适,它压不垮内心,却恰恰适合让人缓慢地下坠到一个静谧的状态中,像鱼往海的深处潜下去。"

桃花春

今天立春了,冒着蒙蒙细雨去花市买了一枝桃花回来,插在舒饭送的梅瓶里,又单独剪下一小枝,摆在书桌上。这种桃花是复瓣玫红色的品种。整个花市逛下来,只在一家花摊上看到粉红单瓣的桃花,枝条上挂着零星几朵,映着周遭的大红灯笼与熙攘人群,显得格外的清冷孤寂。而玫红色的桃花,则要喜庆甜蜜许多,这大概是本地人在新年时喜爱将之摆置在居所应节的缘故吧。刚结婚那年还住在逸仙湖的水边老楼,腊月底见菜市的花摊上有大株桃花卖,开得煞是好看,便也随人群挑了一株回来,将其修剪分插在大小各异的瓶罐中,完全不知家里还有插桃花的专用落地花瓶,也不知春节插桃花是本地过年的习俗。就像菊花象征延年益寿,富贵竹寓意竹报平安,桃花寄托的则是"大展宏图"的心愿——在粤语中,"宏图"与"红桃"同音,此外,桃花还有行桃花运之美意。

因地域的靠近，香港与广东大部分的习俗均有相通之处。香港作家李碧华有一篇小说《逆插桃花》，写的是一场以桃花为背景的爱恨情仇，文风是她一贯凄艳悲凉的笔调。抛开小说的内蕴不谈，这本书从另一层意义上来讲，倒是像一部《观赏桃农作手册》，内文详细介绍了桃花的生长习性与花农种植桃花的过程。如桃树是蔷薇科落叶小乔木，分观赏桃与结果桃。又如桃花的生长特色与木棉花相似，即先花后叶。作者陈述花农培育桃花的不易时充满了怜悯："宙言五岁起已懂得为桃花修剪横枝、施肥、除虫、拔草、浇水和预测天气寒暖。""爸爸教宙言：要同天气赌一局。若春节前天暖，便除去已盛开的花和横枝，延迟上层开花，以免到时有凋谢相；一旦天冷，赶紧把下层的花和横枝剪掉，令营养水分往上提，催谷上层的花早些开。""一株灿烂的桃花，往往得种上三四年，才可茁壮、高大，成为'桃花王'，卖个好价钱。"

在没来中山之前，我从未见过观赏桃。家乡的桃树多为果桃，是每家庭院里必种的果树之一。小时候最喜欢的季节是春天，在四季分明的地方，经历了漫长萧索的秋与荒寂的冬，嫩芽新叶、万物复苏的春天是尤为值得期待的，而桃花则是春天来到时最美的讯号。在传统中国的农历时节里，正月至三月是阳春，为桃花开放的季节，故名桃花春。

芫花开尽人归去

又到一年春暖花开的季节了,我是在看到墙角盛开的紫色芫花时,突然想起了幺爹爹。算一算时间,他已经离开十六年了。十多年的时间,让我已经记不清他的长相,只剩下干瘦身体的记忆。

幺爹爹是爷爷的弟弟,他常年在外游荡,一生未婚,膝下也无子女,我对他的印象实在谈不上深刻。可在我的成长过程里,对爷爷和奶奶这两个称呼是陌生的,他们在我尚年幼时就已经过世了。如果说也曾体会过那辈人的爱护感,那么给予我这种感觉的人便是幺爹爹。

他有一支竹子做的圆珠笔,我向他软硬兼施地讨要了多次,

他都犟着脾气执意不给,只是不停地许诺:"等考了第一名就奖励给你。"这句话对于当时数学的及格概率极度渺小的我来说,基本等同于抹杀了全部希冀。我在极度无望之下干脆偷走了那支笔。一番彻底痛快的满足后,可怜的竹子笔成了牺牲品,圆芯被磨穿了,芯液漫溢得到处都是。悄悄把笔归回原处后,便战战兢兢地等待他来训我。我无法想象他看到这支笔筒上粘满蓝色圆芯印的笔后会是怎样地吹胡子瞪眼睛,我甚至一遍遍幻想他暴跳如雷的样子。可是担惊受怕了很长一段时间,这件事却从未被他提起。

又有一次,我因贪玩受罚,留在学校背诵没有完成的课文,等到放学回家时天色已暗。他坐在离学校不远的池塘边等我,在我路过的时候,不断取笑我"留校生"(差学生的意思)。我极力辩解不成,恼羞成怒地推了他一把,他没半点防备地掉进后面的池塘里差点淹死。从那次后,记忆中好像再也没有因为懒散而做"留校生"。

他曾让我帮着找树上的蝉壳,说那是药材,约好找到一个给一毛钱。还有一种长在水里的植物,据说也是药材。我上蹿下跳找了许多塞给他,他给我的酬劳却不是可以换零食的零花钱,而是几支并不稀罕的铅笔。而且他对我的生气哭闹置之不理。

回忆间我们似乎唯一和谐的一次是,房间里飞进来一只蝙蝠,家人关上门窗把它打下来放在纸箱里。我蹲在它跟前,看着这个不停用微弱的力气扑闪着翅膀的黑小身体,心里突然顿生了一丝怜悯。他在旁边轻声说:"放了它吧,怪可怜的。"于是我们真的用手托捧起它来,放了生。

这样肆无忌惮的机会是不多的,他总是隔上大半年才来我家住上一小段时间,然后再出远门。年岁就在这些来来去去的往返间滑过,我甚至不知道他去了哪里,以什么为生。那个时候我才不过八九岁,拥有小孩子的天性,总是期盼他回来的日子,惦记着他带回的各式各样的零食和小玩意。我将它们抱在怀里,喜滋滋的像过节一样。

他最后一次灰尘仆仆地回来,神情倦怠得像是一只受伤的候鸟。他老了,走不动了,却坚持不跟我们同住。我看到他腿上的血管像蚯蚓一样凸起来。他说他得了传染病,一个人住进了河边的小房子里。那间破败不堪的房子是个废弃的水闸房。我已经记不清他独自在里面住了多久,似乎对于我们来说,他就跟那个被荒弃的水闸房一样,只不过是知道他的存在罢了。直到有一天,小姑姑在河边的小房子里哭,声音传得很远很远,我才知道他已经死了。葬礼很简单,参加的人都没有忧伤的表情,只有小姑姑歇斯底里的哭声,孤单地飘在半空中。

安葬他的时候,我也跟着去了,走了很远的路才到。那个时候正值春暖花开,山上开满了紫色的芫花。他就被葬在芫花丛中。我拔了一株开得正艳的回来种在盆子里,没过几天,它也蔫了,死了。

小树林,杜鹃花

"三月属于布谷鸟与毛毛雨。"忘了是在哪里看过这句话了,布谷鸟如今颇为少见,然而每到三月,杜鹃花却随处可寻,随之而来的,还有漫无边际的毛毛雨。当今年的日历刚翻到三月就开始下起了毛毛雨,已经一个星期了,似乎还没有停歇的意思。毛毛雨天,总是刻意不打伞,如丝的细雨在空中如飞雪翩翩,落在头发上、脸上,曼妙得像一首轻盈的小诗。我每天踩着同样轻盈的步伐穿过小树林去坐公交车,眼睁睁目睹那片杜鹃开成了花海。

小树林是住处附近的一座公园。小树林其实并不小。在这个寸土寸金的城市,这座公园的绿植面积实在不算逼仄。可我不知道为什么要称呼它为小树林,大概在我的潜意识里,大树林都是俄罗斯画家笔下的树林吧,有肃穆高耸的老树和深不见底的奔涌的情绪。而小树林却是温润的,又因为处于两条马路之中,里面的行人总是寥寥无几。偌大的一个园子,穿行其间,静谧得只听得见风的声音,它也因此带着一丝落寞的寂寥。然而,它的寂寥正是我所欢喜的,大概因为置身人群中的我,常常也是寂寥的。每次从丛树底下穿过,我总会想起《我与地坛》里的话:"在这个人口密集的城市里,有这样一个宁静的去处,像是上帝的苦心安排。"因此当几年前搬到它对面的小区居住后,它便成了我在这个城市最常去的去处,虽然结婚后暂离了一段时间,然而最终被一股无以言说的力量所牵引,致使我在它的附近再一次安了家。

我每天总是习惯去小树林走一走,挖一些野花野草回去种在阳台,或者带一本书坐在草坪上看。大风忽而四起,硕大的雨滴瞬间噼里啪啦地砸下来,我一路跑着跳着,捡起吹刮在地的落叶夹在书里做书签。有时候我也会带上画具去画树林里苍幽的大树,我将那棵树斜着画在纸上,在树干下写上顾城的《我是一个任性的孩子》中的一段诗话:"我希望能在心爱的白纸上画画/画出笨拙的自由/画下一只永远不会流泪的眼睛/一片天空/一片属于天空的羽毛和树叶/一个淡绿的夜晚和苹果"

小树林的夜晚与白天都是淡绿的,光影穿过密叶洒进来,将小树林也染成了淡绿色。来小树林的人总是很少,我最常遇见的,只有两个老人,他们似乎是一对老夫妇。老妇人驼着背,一只胳膊搭在老伴的肩膀上,跟在他的身后慢慢地走着。他们从未有过交谈,只是默默地绕着小树林走啊走,穿过杉树、榕树、紫薇树、鸡蛋花树,还有那片开在三月的杜鹃花。

草

在这个多雨的地方,我住下了。

其实多不多雨我都未必清楚,只是记得时常要带斗笠出门罢了。

雨余芳草,这里遍地是,斜阳时一现,一切正是你梦中的彩色。

——鹤西《小草》

荠菜，水芹，马齿苋，地木耳

以前每到荠菜开花的时节，我就知道最爱的春天来了。万物开始苏醒，空气温暖而又潮润，荠菜白色细密的小碎花层层密密地开在野草丛中，就像闪烁在春风里的点点繁星。现在想想这花其实挺适合编成头环来带，不知小时候编过没有。周作人在书里提到三月三江浙一带有戴荠菜花的风俗，还有在这一天也有人将荠菜花放在灶台上驱虫，或簪在头发上以祈清目的。而我们家乡在每年农历的三月三，流传的却是用荠菜花煮鸡蛋的习俗。我小时候很是挑食，鸡蛋只吃炒鸡蛋，荷包蛋和煮鸡蛋是从来不吃的。但每到这一天，妈妈用荠菜花煮了鸡蛋，上学路上也会带上几个，拿在手里一边拨弄鸡蛋皮，一边揉揉捏捏然后偷偷地扔掉。

其实荠菜自古以来就是有名的野菜。这个最早在《诗经》

里已有所记载,将嫩株采摘回来炒而食之,据说风味极佳,有"野菜中的珍品"的美誉。也许现在菜市场就有这野菜卖,然而把它的嫩叶单独放置一边,我还真没有什么把握辨认出来。我们那里似乎没有人采荠菜回来做炒菜,在书上看到还有些地区爱用荠菜包馄饨或饺子,我们家乡这两种习俗也都没有。

家里那时很喜欢吃水芹——一种傍水而生的野芹菜。家乡多水,河流纵横,随便一个小渠沟都会繁生绿油油一片。大人采它们是为了丰富餐桌,而小孩则多半是好玩多动的天性驱使。现在已经记不清当时是将之连根拔起,还是像采韭菜一样只折半截。时光不断地远走,过去的一切都像老照片一样镀上了朦光,很多细节早已随之隐去,然而最为虚无缥缈的气味却清晰地长存了下来。至今还记得水芹的味道,较家芹要更为浓烈一些,吃在嘴里有股刺鼻的野清香。难以忘怀的还有,抱着一捧水芹在风里一路奔跑着回家,欢喜甜蜜得就像拥抱了整个春天。

马齿苋也是野菜,长在院子的干燥向阳处,经常会被大人们当野草除掉,然而根部很快又会再次冒出嫩芽来,继而又繁衍出一大片。过去从来不知它也可以上菜桌,至少我从未吃过。

但问及家人，说起它的吃法却都头头是道——可以清炒，也可晒干后加盐腌制，是搭配扣肉最好的咸菜丝。然而这段记忆于我来说却是一片空白。更为惭愧的是，我直到现在才把它的名字跟模样对上号：茎紫红色，叶互生，肥厚，开黄色小花。写到这里，突然觉得跟太阳花的特征有些形似，一查，两者竟然是同科同属的同门姐妹，而且太阳花还有另一个名字，叫大花马齿苋。这倒没错，它的花的确是马齿苋的放大版。那么太阳花也能吃吗？

小时每逢春雨天，家门前河堤的草丛间就会冒生出一些类似木耳的小东西来。查了一下，原来它的学名叫地木耳，是一种真菌和藻类的结合体。那个时候并不清楚它姓甚名谁从何而来，只知道一到下雨天就会从地下钻出来，因此我们干脆叫它地子皮。沾着雨丝与青草气在草丛间拾捡地子皮是一道温暖的回忆，尽管最终它们会以鸡蛋汤的形式出现在饭桌上。然而对于孩童来说，事情的结果往往不及体验的过程重要。据说，地木耳通常在春雨天冒生在洁净无污的地方，因此有"上帝的眼泪"之称。近二十年过去了，不知老家门前的那块河堤上是否还有上帝的眼泪流下。

红花草紫云英

家人回湖南过清明了,弟弟坐在家门前的小河边钓鱼时,特意打来电话说红花草开花了,开得遍地都是。心一下子就飞了回去,闭上眼睛也能清晰看见那片铺在河岸边,连绵不绝的紫红色花毯。

已经多年不见了,最近一次看到还是在2009年的春天去江西婺源写生的途中。趴在火车上睡觉时突然醒来,无意间抬头看见它们在窗外的田野间正开得如火如荼。那一刻,鼻子猛然间发酸——为什么我的眼里常含泪水,因为我对这土地爱得深沉——当时这句诗适时地在脑海跳动,原来在恰当的语境中,用再矫情的诗句表达情意也不为过。

红花草的学名是紫云英，花形也如花名一般灵动，近看仿似一只只红白相间的蝴蝶停歇在平滑纤细的花柄上。每到天暖地绿，燕子归来的阳春三月，它们便成片地开在田野与草丛间，是农作物天然的肥料。也有人将其采回去做炒菜。周作人在《故乡的野菜》里就提到紫云英在他们家乡是一道常吃的菜肴："采取嫩茎滴食，味颇鲜美，似豌豆苗。"又引用日本《俳句大辞典》里的话："此草与蒲公英同是习见的东西，从幼年时代便已熟识。在女人里边，不曾采过紫云英的人，恐未必有罢。"紫云英我从未吃过，但是采摘它却是常有的事。细长的花柄与灵巧的花形都很适合编织花环，按理说，这本该是女孩们聚在一起常爱玩的游戏。但我在童年时代，同龄伙伴寥寥无几。似乎从那个时候开始，河堤上的野花野草便理所当然成了我最亲密的玩伴。

小时性情孤僻腼腆，却很痴迷画画。有一年因好奇偷用堂姐的眉笔画下几幅被爸爸看出天赋的"杰作"后，家人开始为我费尽周折地找寻美术老师。于是，从开始记事的寒暑假期里，便风雨无阻地独自步行去老师家学画。那是一条少有人走的水边小路。我甚至现在还能清晰地看见燕子在头顶低低地掠过，飞向对岸的杉树丛中。蒲公英在风里温柔地飘着，草丛间传来虫子们嘹亮的叫嚣声。游弋着植物芬芳的空气总是清湿潮润的,太阳渐渐升起来了,弥漫在周遭的晨雾渐渐散去,而我背着画夹在开满紫云英的小河边奔着跑着,似乎永远也不会长大。

车前草上白月光

中午利用做饭的间隙捧着《中山野生植物》看,找到车前草的那一页,书中除了介绍它的特征外,还提到它的种子有清热解毒、清肝明目的功效。今早路过逸仙湖,看到一个老婆婆在大树底下的草丛间拔草,提着的塑料袋已经装满了,手里还握着一些。很好奇她在拔什么,走近一看,原来是车前草,她说是用来煲凉茶的。其实从记事起就熟识车前草的样子,老家的庭前院后随处可见,根本无人问津,现在才发现自己小时候简直生活在中药王国里,因为大部分植物都可入药。

广东人酷爱煲药,因此大街小巷药店遍布。我喜欢看贴在药店木柜上琳琅满目的中药名,更胜于去了解它们的药性。以前上火长痘,还将老中医给我开的中药单一一抄在本子上,因为感觉那些药名都很清美,沾染着植物的气息。车前草又名车轮菜,表示它还可菜食。明代的《救荒本草》里记述:"车轮菜,叶丛中心撺葶三四茎,作长穗如鼠尾。花甚密,青色,微赤。结实如葶苈子,赤黑色,生道旁,采嫩苗叶,煠熟,水浸去涎沫,淘净,油盐调食。"

下午跟二哥一起看宫崎骏的《起风了》,碰巧在片中也见到车前草,还是一个特写镜头。宫崎骏的动画片,我还是更喜欢温情一点的,如《龙猫》《侧耳倾听》《借东西的小人阿莉埃蒂》之类的,印象深刻的是里面都有蚊帐与月光的镜头。近段时间因为天热,蚊帐早早挂了出来。这两天恰逢月中,昨夜睡觉时特意拉开窗帘,让月光照进蚊帐里。很怀念从前,半夜突然醒来,透过蚊帐看到窗外的月光银白如水,四周静极了,仿佛随时会撞入一场似醒非醒的梦境中。如果那时看过《龙猫》,一定会从蚊帐里走出去,期待也能遇见一只撑着大伞在月光下飞翔的龙猫。

益母草

突然很想念色彩画,不是指画的画,而是指画色彩画的感觉。自从怀孕后,就没再触碰丙烯与油画颜料了。去年每天上午十点钟会准时坐在画架前,听着收音机里的广播节目画两个小时的画。整整一年的时间,几乎把盛放在阳台上的每一朵花与在花盆里兀自繁生的每一根野草都涂抹进了画布。所以当昨天在路边花坛的野草丛中发现一株正在开花的益母草时,那明丽的色彩一下子唤起了我对调色板与画布的思念,于是把它整株拔了回来,种在阳台上。

益母草在家乡是普通常见的野草,瘦长花柄上序生着棱状花托,红白相间的小碎花花环一样点缀于其间。前段时间去三乡镇的前陇村写生,见过一种着小白花的品种。是直到今年春

节时才将益母草这个如雷贯耳的药草名与它的形状对上号的。有天夜里翻《诗经植物图谱》时看到，惊讶得仿如在异乡邂逅了小时的玩伴，并同时发现他原来就是大名鼎鼎的某人士一般。益母草在《诗经》里名蓷。如果不细读那首有名的哀妇自叹诗《中谷有蓷》，就极易被诗里那个遇人不淑，追悔莫及的女子的涕泪声所迷惑。不过我倒认为，这一咏三叹的哀怨背后，分明还有女性最初的觉醒意识——益母草作为千百年来疗养女性的药草，疗养的除了身体，还有内心吧。

说到药草，我想将植物的药性发挥得尽致的非广东人莫属。以前跟当地一个热爱园艺的朋友谈及到各种花草，她都会重点强调一下它们可以煲汤药的实用性，这让从来只视植物有观赏性的我委实震惊了一下。一想到如果被熟谙此道的本地人看见我现在种下这株益母草不做实用，而仅是为了观赏与作画时的诧异，心里就觉得好笑。有一回去厨具店买陶罐，店员很热心地介绍用它煲汤药的操作方法，我忙不迭地道谢，并告知："我买回去插花用的。"她当时对我投来的惊愕眼神堪比目见外来星球的大怪物忽而降临一般。

菖蒲飘香

连着两晚去书城淘书,前一天夜里收获寥寥,但昨晚在微书店倒是挑到了一些比较中意的。最大的欣喜莫过于撞遇了苦寻已久的梭罗的《野果》,这是他生前写的最后一本书,还没完成就因病去世了。这本行至半途的植物笔记,又因种种原因搁置了下来,直到他去世一百三十多年后才得以出版。他的那本大名鼎鼎的《瓦尔登湖》于我来说实在难以卒读,几番拿起又放下。然而这本书一翻开就感觉平实亲切,文笔轻灵优美,内容更是我感兴趣的。当时在书架前随手翻读的第一篇是《菖蒲》,巧合的是站在同样的位置翻另一本西晋嵇含的《南方草木状》时,第一眼看到的也是菖蒲,更为巧合的是这两个不同国籍与时代的写书人均只活了四十四岁。

嵇含是竹林七贤之一嵇康的侄孙。这本《南方草木状》是他在军旅途中，将别人讲述的岭南一带的奇花异草与巨木修竹笔记下来，编辑整理而成。全书分上中下三卷，共记录南方草木八十余种，文笔洗练，叙述典雅。如写《菖蒲》就是回味无穷的寥寥数字："番禺东有涧，涧中生菖蒲，皆一寸九节，安期生采服，仙去，但留玉舄焉。"从中可以得知，在古代，菖蒲是被神话了的难得的药品。然而在梭罗的笔下呈现的菖蒲却是另一种平易近人且清香可食的植物："才不过是五月十四日呢，河畔的菖蒲在枝干上长出叶子的分叉处就长出了一些细细的小东西，这些小东西绿绿的，是菖蒲的果实也是花苞。我常拔出菖蒲，吃它的嫩叶。……五月二十五日这天，花苞虽已怒放，但花蕾仍然柔嫩，十分可口，足以让我这样饥肠辘辘的行人解馋果腹。这时的菖蒲刚刚长得露出水面，我就常常移舟靠近菖蒲集中的水域，进行采摘。连孩子们都知道，越靠根部的叶子味道越好。"看到这里我有些迷惑了，这一中一西表述截然不同的菖蒲是否为同科属植物？因为所能查到的资料都显示，菖蒲是中国植物图谱数据库收录的有毒植物，全株皆有毒，根茎毒性尤甚，口服多量时会产生强烈的幻视。不过，时代不同，地域各异，植物变种的可能也是不可排除的。

前不久看见清人金农的一幅画，淡墨晕染的山水之间，几只白鹭在菖蒲丛中觅食，画上题着一句诗："山青青，云冥冥，下有水蒲迷遥汀。"远山，无人的境地，悠悠菖蒲飘香，这样的情境勾起了我深深的乡愁。以前菖蒲遍布老家门前屋后的水渠。春天常下水采集它细长的叶子，因为能像吹口哨一样发出呜哇之声。至今仍对靠近时闻见的那股浓郁刺鼻的水香气记忆犹新。关于它的气味，梭罗有段很美妙的描述："春天，搓揉一下菖蒲嫩嫩的枝干，就能闻见沁人的幽香，妙不可言。这幽香该不是年复一年从潮湿的泥土里吸取来的吧，没错，准是这样。"从前每年端午时节家人都会采集菖蒲叶回来与艾叶一起挂在门口，那时只知这是一种应节的习俗，却不知其实这个习俗在民间流沿已久——菖蒲自古到今一直是驱邪祈福的灵草。据说，农历四月十四日是菖蒲的生日，这一天，修剪菖蒲的根叶并用海水加以滋养，则青翠易生，尤堪清目。

水草与大自然笔记

天气预报五一期间会有大雨,然而天一直阴沉着,雨始终没有下下来。中午看完公公婆婆,和二哥一起去树木园散步,惊喜地在一滩池水边看到了久违的水草。大概是从小家住在水乡的缘故,对水草一直心怀好感,沾了水汽的植物至今令我感觉轻灵曼妙。小时候见得比较多的是菱类,莲类,菖蒲,水芦苇,还有慈姑。现在阳台上就种了一盆慈姑。是去年在水边写生时带回来的。

这汪池水里青翠丛生的水草多半只熟其影不知其名,其中有一种以前在徒弟住的小区里画过,叶子状似美人蕉,开深紫色小花,花柄细而长,耸立在水中有一种幽幽的诗意感。回来花了一番力气才查到它的学名为再力花,这个颇有些怪异的名字大概是音译的,因为这种水草近几年才从国外引进。更喜欢它的俗名水莲蕉,觉得更为契合它的外形。挨着水莲蕉长的一丛稍矮的水草是梭鱼草,雨久花科,絮状花,蒙蒙的天蓝色,叶色翠绿,光亮。

翻梭罗的《野果》,发现也写到了梭鱼草,记录的是秋天梭鱼草结果的过程:"现在(九月一日)虽然其他的果子都正在变熟,梭鱼草的已经都落了,撒得沿河一带都是的。""1859年九月二十六日……这是一些孤零零的、绿绿的种子,形状有点像蜘蛛网。""一八五九年十月七日,我在一处水域撒下的梭鱼草种子已经沉到水下了。一旦外面那层烂掉后,它们就会变得越来越沉,比水还沉。"这些零碎的记录看得真是令人感动,寥寥数语却能清晰触摸到作者对大自然温情柔软的爱,而这个沉静寡言的植物爱好者说他频频记下观察植物结果的目的只是"不断在大自然中发现上帝的存在"。

1850年夏,写完《瓦尔登湖》的梭罗搬进父母家顶层的小阁楼,生活依然简单得只有写作、阅读和散步。但在散步的过程中,他渐渐迷恋上了植物学,出门时常常带一本植物书籍，以便可以随时查阅。有一天他甚至还在阁楼上做了一个小储物架，专门用来存放采集回来的植物标本。在后来回忆最初对植物学产生浓厚兴趣的原因时，他写道"记得当时我看着湿地，心想：要是我能认识这里所有的植物该有多好！要是我能叫得出这里的一草一木该多好……我甚至想到要系统学习，从而能了解这里的一切……真没想到两年以后我就轻轻松松做到了……我很快就开始对植物进行密切观察，记下何时长出第一片叶子，何时开了第一朵花，不论早晚，不计远近，都认真观察记录，就这样有好几年……"这段话大概是每一个热爱草木之人的心声，读来令人倍感共鸣。难得的是梭罗真正付诸了行动，在接下来的日子，他潜心阅读植物学家的著作，学习植物学者的观察记录方法，并为自己准备了一个笔记本，开始了为期近十年的观察记录，直到四十四岁那年因病早逝。然而在这短暂的人生旅途里，他却给人间留下了数枚植物珍宝——《种子的传播》《野苹果》以及未完成的《野果》。

笔及此处，想到了卢梭。晚年在孤岛上隐居的他也曾决意要编写一本植物标本集，虽然这个美好的夙愿直到生命终结之时也没能成为现实，最后唯一留下的与之有关的著作还是被后人编辑成册的,给一个五岁小女孩写的植物信。但卢梭的难得之处在于,他珍视每一次采集标本时所看到的景物与听到的事物,以及产生的不同感受。他将整个身心心无旁骛地投入到了植物身上,因而也使得最后一段孤僻的隐居生活得到了精神的净化与丰盈。还有什么比得上在生命终结之时说出这样的话来更为动人的:"我对植物学的迷恋的情感因这些无关紧要的想法联系在一起而产生。并且,唤起了我的幻想,使我更加快乐。草原、江河、树林、荒寂和宁静等通过这些联系使我不断地沉浸在对它们的回忆中,它把我带到了静谧的地方。"

莲子草，竹节草，鸭跖草

上周一的上午去树木园写生，打道回府的途中偶遇一片莲子草，停下来拍了两张并折了一截带回。刚到家就开始下雨，才发现把二哥送的那把透明雨伞弄丢在拍莲子草的路边了。晚上两人特意跑回原地找伞，结果当然是早已不见踪影。于是，二哥以一贯的乐天派精神安慰我说："太好了，又可以买新的了，给你买十把回来慢慢丢吧。"只是谁也没想到这场雨一下就是整整一个星期，中间还几番暴雨雷鸣。待新伞终于送到的今天，雨停了，而当时以伞换回的那截莲子草在水杯里，生出了长长的根须。

莲子草喜水，多生在潮湿的水边与池沼内。在乡野地，它还被称为革命草，因为繁殖能力强，是农作物强势的天敌。然

而在我的眼里，却因它干塑的小白花适合编草戒指而染上了浪漫的色彩。去年在韶关的古村落写生时，逼迫二哥给我编的那枚草花戒指，至今还挂在屋子里。一年过去了，花色与当初采摘时并无大异。莲子草的花叶状似马齿苋，如果不仔细辨认，极易混淆，因为它们都属于苋科。抗旱原本是苋科家族的一大特点，然而我的那盆大花马齿苋，也就是太阳花，每逢雨天就长得愈发郁葱，看来植物的品性也会因地而异的。

那天在野草丛间，还很意外地发现一朵开蓝花的竹节草。当时惊喜以为是鸭跖草，后来查看植物图谱，发现其花色与花形更靠近同科属的竹节草，虽然都只有两片花瓣，但花蕊存有较为明显的差异，鸭跖草的花色更为碧蓝一些。德福芦花写过一篇《碧色的花》，里面就提到了鸭跖草："这不是花，这是表现于色彩上的露之精魂。那质脆、命短、色美的面影，正是人世间所能见到的一刹那上天的消息。"鸭跖草花只开在上午，花期极为短暂，故用"一刹那上天的消息"来形容它的品性真是精妙。之前在心岱的书里第一次看到德福芦花，便一下子就喜欢上了这个灵性的日本作家。买回的那本德福芦花的散文集，成了长期的枕边书，无论何时翻看，都能瞬间沉静下来。他以孩子般纯真的眼神摹画着阳光雨露与草木生灵，文字清新典雅，晶莹透亮，诗意又不失哲思，富有日本文学里特有的闲散寂淡之美。读他的散文，就像在看日本风景画家东山魁夷与长谷川隆的画，画面干净超然，有一股深邃且余音缭绕的禅意。我敬重严谨的植物学家，然而却更中意站在灵魂的角度上去理解自然生灵，就像简笔勾勒的写意画，看似漫不经心，实则浩渺情深。

三叶草,遇见最好的年华

放在窗台上的那盆茉莉的花蕾酝酿了好些天,这两天终于开了,而绕着它的根枝兀自冒生的一圈红花酢浆草却早已开得红火。因为对待野草的态度向来都是任其长之,所以现在花盆里的野草队伍越发庞大起来,不断冒出一些未曾见过的品种。红花酢浆草却是极为熟悉的,在路边成片地开花,也煞是好看。很喜欢它的花色,温柔清澈的玫红,让人莫名地快乐,就像清晨初醒时,耳畔依稀传来《土耳其进行曲》轻快的旋律。前几天从医院产检回来的途中,在路边无意间看到了开黄花的酢浆草,猛然撞见,很吃了一惊,因为来中山好几年了,这还是第一次见到。黄花酢浆草的花与叶都比开红花的要小一号,在家乡随处可见,还记得花谢后刚结出的蒴果,吃在嘴里有股透心凉的酸涩味,据说它因此有个名字叫酸酸草。不过我们管它叫

三叶草,因为叶子是三片的。以前不知从哪里听来这样的传说,在三叶草丛中如能找出一片四叶的,幸福就会降临。如此稚气而浪漫的说法,我居然坚信并付诸行动了这么多年——这些年磕磕绊绊行走的人生旅程,不正是在三叶草丛中寻找四叶草的过程吗?

"都希望在最好的年华遇见一个人,可往往是遇见了一个人,才迎来了最好的年华。"看到徒弟媳妇写在微信里的这句很"张爱玲"的话,猛然想起了许多年前,只身困顿在北方一座城市里,那是记忆中最为寒冷的一个冬天,心情也像周遭的建筑与空气一样,灰霾得看不见一丝颜色。那段时间每天全部的内容即是从住处登上一趟漫长的公交车,坐在靠窗的位置上看大半个城市的风景,下车后再踩着厚厚的落叶去一幢老楼里画画。屋子黑漆而沉默,窗户推开时会发出苍老的咯吱声。我就坐在那张窗边的书桌前涂涂抹抹,有时候抬起头,呆呆地看着梧桐叶像无所归依的灵魂一样在窗外的寒风中簌簌飘落。

那时远在南方的徒弟媳妇在她负责编辑的报纸副刊版上，创了一个为经典语句配图的专栏。这当然是为我量身定制的——我流离失所，四处漂泊，作为朋友的她比谁都忧心。记得当时选画的第一张是张爱玲的那句："遇见你我变得很低很低，一直低到尘埃里去，但我的心是欢喜的，并且在那里开出一朵花来。"那时候，始终陪在身边的是一套张爱玲文集，这套书被我从南到北，再从北到南地一直带在身边，陪伴度过了无数个孤单飘零的日日夜夜。后来这个栏目没有进行几期，我就从北方回到了南方，在她的邻城安顿了下来。几年过去了，她陪伴着她的小天使一天天成长，我也终于沉淀了下来，由一个人渐而变成了三个人。这平静如水的幸福，大概就是我们彼此欣慰对方从三叶草丛中终于找到的那片四叶草，并在逝水流年里迎来的最好年华吧。昨天我在微信上发了一首美国无名氏的诗，她看了很感动，采用了同样的句式写了一首发给我：

还记得吗

徒弟做了好几个菜

你每个都只叨两口

每次你吃饭不热情的态度

都让吃货的我

觉得无法跟你同步

还记得吗

从中山赶来的长途大巴

你总是坐上最慢那一路

有次风雨大作

你坐的大巴顶子都飞了

你像龙猫一样撑伞坐在车上

你不知道生活常识

你不懂得人情世故

你又傻又二又单纯

我以为你一个人出门会迷路

我以为一个人离开会鼻青脸肿

现在你安静优雅地静静绽放

读我向往的书

写我喜欢的文字

画我嫉妒的画

养我懒得养的花

有你时

万物静默安然

你有在

理想国在中山

兰花草

随手翻看一本植物随笔集,书中提及民谣《兰花草》中的兰花草指的是鸭跖草。

把《兰花草》找出来重温,才发现这首歌的作词人竟是胡适,确切地说是改编自他的一首叫《希望》的诗:

> 我从山中来,带得兰花草。种在小园中,希望花开好。
> 一日望三回,望到花时过。急坏看花人,苞也无一个。
> 眼见秋天到,移花供在家。明年春风回,祝汝满盆花!

据称"兰花草"本为"蓝花草",被人口口相传以致"蓝"成了"兰"。这个理由颇能理解。鸭跖草最大的魅力所在本是那清澈明净的湛蓝花色,唤作蓝花草固然再合适不过。只是细嚼胡适笔端的情调,倒是感觉诗中的"兰花草"指的是真正的兰——空谷幽兰的兰。1921年夏,胡适前往西山友人熊秉三家作客,临走时带了一盆熊氏夫妇赠予的兰花草回家,读书写作之余悉心照料,但直至秋天,也没有开出花来,于是就写了这首小诗。定名《希望》,当是另有所指,在此不作赘言。我以偏颇之心猜想的是,花姿素雅,花香清幽的兰花作为礼品相送似乎更合情理吧。

鸭跖草素来门庭冷落,画家不画,文人不颂,只在临水的荒野丛中不起眼地寂寂开落。然而因沾染了遥远的乡愁之故,我对这草花却持怀着几分情意。离乡后再也不曾寻见其踪影,倒是几番撞见花色与叶泽都要比它清淡许多的竹节草。之前在外写生时曾折回一枝,在阳台角落里当鸭跖草养着。那已是春末夏初的事了,种下时花期已过,那种一日望三回,热切盼花开的心意也是时时有所体会的。曾经一度以为梦境只是黑白得,有次看到《小团圆》的结尾处,见张爱玲写的那个关于红棕小屋碧蓝天的彩色梦境,觉得不过是文学手法罢了。而将竹节草种在阳台上的那天夜里,它竟在梦里开了花,蓝色的。

百里香,旋律里的香草

傍晚下楼散步,在小区里走了与往常不同的小径,路过一楼住户的院子时,看到一盆类似薰衣草的植物,开白色小花,俯身闻之,一股浓郁的香气袭来。上前询问其名,主人答曰"鬼见愁",说是用来做香料的。到家后查"鬼见愁"发现并非此草,而是一种树,又名无患子。而后在香料里找寻,还真被我找到了,原来是百里香,一种有名的香料,历史也很悠长。早在2000年前,罗马诗人就已经在农事诗中记载百里香作为香料利用之事了。

查百里香的资料时,无意间看到了《斯卡保罗市集》的歌词:
你要去斯卡布罗集市吗?
那里有欧芹、鼠尾草、迷迭草和百里香,
代我问候那儿的一位姑娘,
她曾是我心上的人。

大概在十几年前，磁带遍及的年代，我就听过这支曲子，是没有唱词的纯音乐版本。多年后听月光女神莎拉·布莱曼唱起熟悉的旋律，竟不知道里面的歌词就是："你是否要去斯卡保罗市集，（去买）香芹、鼠尾草、迷迭香与百里香，也望能代我告诉他，他曾经是我最爱的人。"歌词里的香芹、鼠尾草、迷迭香与百里香，均是香料。说来也巧，就在写这篇文字的时候去房间外倒水，客厅的电视里正在放《斯卡保罗市集》这首歌，屏幕上的歌词是另一种译本："你要去斯卡保罗市集吗？香芹、鼠尾草、迷迭香与百里香，请代我向住在那里的一个人问好，他曾经是我的真爱。"这首曲子的诵唱版本有很多种，原是一首古老的苏格兰民谣。英国民歌手马汀·卡西在原歌的基础上加进了自己的再创造，尤其是里面优美的吉他伴奏，最后将它变成了一首优美的爱情歌曲。歌词中的欧芹、鼠尾草、迷迭草与百里香一样，均是香料。

百里香的英文源自希腊，意即"勇气"。欧洲中世纪的妇女在心爱之人出征前，会赠送绣有百里香图案的围巾，以此传达爱意，祈祷保佑平安。

木

喂，站在池边的蓬头的榕树，你可曾记得那个小小的孩子，就像在你的枝头筑巢又离开了你的鸟儿似的孩子……

他想成为风，吹过你簌簌的树枝；想成为你的影子，在水面上，随着白昼的流光而逐渐延长；想成为鸟儿，栖息在你的最高枝上，还想同那些鸭子一样，在芦苇与阴影之间游来游去。

——泰戈尔《榕树》

风吹紫荆树

"风吹紫荆树,色与春庭暮。"这是杜甫咏紫荆的诗句。洋洋洒洒从初冬一直开到来年春末的紫荆,在长长的花期中不知疲倦地一边盛落又一边盛放,仿佛生命里永远有一股使不完的热情与朝气。几年前的冬天,曾听着一张名为《一颗花开的树》的纯音乐专辑随火车从冰天雪地的北方徐徐南下。初到这座洁净小城时,惊诧地望见满街花树在风中摇曳,宛如万千彩蝶云集。那一树又一树繁花恰似笼罩在天际之间的层层紫雾,清风吹过,落英缤纷,真像缥缥缈缈撞入了另一座桃花源。回首望去,来此地的几年光景中,这抹紫色已是记忆的调色板上不可或缺的颜色。那些坐在紫荆遍及的老城区画街道的冬天,在车行车往,游人纷扰的喧闹尘嚣中,总能清晰听见花开花落的声音,滴落在宁静的晨光里与氤氲的日暮下。风过处,纷纷落花拂了一身还满。谁说南方没有雪呢，这一地的落红，分明就是飘在时空里宛如情丝一样化不开的片片雪花。

毕业工作几年后的一个春天，又背起书包一路北上重返校园做了简单朴素的学生，从南方纷纷扬扬的花雪里走进了北方漫天飞舞的白色柳絮中。有段时期每天清晨穿过清华大学长长的校道去圆明园上国画课，随身带着速写本边走边画。四月芳菲尽，南方已步入炎夏，而北方的春天才刚刚开始。清华的老校友陶瀛孙在《小议校花》里说："春天的清华园是极美的，到处是花，而以紫荆、丁香开得最盛。"在我几乎画遍清华园的花花草草的速写本上，就有这两种花。后来在《清华风物志》里才得知文中提到的紫荆才是真正的紫荆，因其茎条节节缀以花簇寓意团结，又在清华大学校庆日前后盛开，故成为了该校的校花。而南方的紫荆其实是被定作香港市花的洋紫荆。冥冥之中不经意的巧合，仿佛天定的缘分。这一南一北两种花树，尽管特性各异，却因同名又因缘际会从此与我的过往衍生成了不可分割的相融。那些曾坐在南方的花树下一笔一笔画着日渐远去风景的旧日，与听着音乐一次又一次穿过北方校园遍及花木的悠长校道的时光，深深浅浅的花色在雨润烟浓的生命长路上共化成了串串迷濛的记忆。

"木末芙蓉花，山中发红萼。涧户寂无人，纷纷开且落。"朱天文说王维的《辛夷坞》蕴含了一个女人最好的状态。安静的自开自落，存在的喜悦全部来自自我，而非取悦于他人的观感，这是怎样一种顺应自然的洒脱。在搬来曾用画笔温存过的老城区与紫荆为邻的现在，每每从花树下走过，望着满树被心形绿叶托付着的向阳而生的繁花，总觉得自己也是其中一朵，对尘世充满了温情的爱意，在生命的四季里兀自花开又花落，任时光的清风吹过，留下一丝淡淡的香。

浪漫芒果树

又到芒果树开花的时节了，从最初青嫩的黄绿色转为低调不显眼的土褐色，密密匝匝地簇拥在枝头，潮润的雨夜从树下走过，能闻见一股淡淡的清甜气。直到现在才发现，芒果树几乎遍布了视线的每一处角落，既伫立在喧嚣的街道上，也探身在深幽的院子里。无处不在的枝丫，为这座小城更添了一份细密的柔情。时常觉得这个城市也同所有选择在这里生活的人一样，有着温婉的性情，不那么炙热，然而具有感知。

2007年初来此地时，曾因"芒果园"这个地名坐在中山公园旁的一条巷子里画过一整个下午的画。那时也极爱脱了鞋在兴中道上的芒果树下深深浅浅地漫步。其实我也说不清到底是芒果二字本身让我有童话般的浪漫感，还是在芒果树下漫步令我触摸到了时光里岁月静好的永恒。走在千百次走过的路上，隔着层层空气、斜阳和风看千百次看过的风景，有时想，或许我会像这样看着风景一直走下去，十年，二十年，带着一颗简单的心，嫁给一个温暖的人，做一个温柔的妻子与慈爱的母亲。在几年后得知"芒果园"原来是一番美丽的误会时，我正与这画笔下的巷子比邻而居着，既嫁给了一个温暖的人，做着一个还算温柔的妻子，也即将要做一个慈爱的母亲了。

又见苦楝树

春分那天,二哥驱车带我去邻市肇庆度周末。绕着星湖散步时,忽然在一排傍水而生的丛树中发现了苦楝树的身影。细小的紫色花蕾挨挤在一起,密缀于刚刚苏醒的绿芽嫩叶间。树梢上还零星垂挂着一些去年干枯的小果子,在风里轻摆着,像一串一串静默的铃铛。尽管已经多年未见,我还是一眼就认出了它,忍不住兴奋地大叫:"苦ji(极)树!苦ji(极)树!"身旁的二哥满脸堆写着问号,经过我好一番动情的解说(描述树的特征以及曾经与之相伴的故事),他才终于恍然明白了过来,然而却更正它的名字为苦楝树。好吧,事实证明是我这个大文盲一直自以为是地把"楝(lian)"字误读成了"ji"(极),再细想,又不免感觉有种歪打正着的巧合:苦楝树从花到果再到树皮全株皆苦,苦得甚至连虫子都不敢靠近,不正是"苦极树"吗?

后来，站在这株湖边的树下，二哥幽幽忆起了童年往事。说到当年还住在老石岐河泰街的时候，院子里就曾有一株这样的树，在他十岁搬家的那年，被公公伐掉做了一张木工桌。为了更加确认这段记忆，他又特意领着我去"采访"了公公婆婆。在一片近乎模糊的语境中，却异常清晰地听见公公念叨着"森树"的发音。讯息就这样瞬间对上了号，这是没错的，在广东这边，苦楝树的确有森树之称。

　　大概这棵已成往事的苦楝树唤起了两位老人对往昔的回忆吧，第二天他们又特意打来电话，告知它的由来以及具体栽下的年份。更提到当年打制的家具除了那张木工桌外，还有两个梳妆台，其中一个，至今还放在二哥十岁那年搬来的住处里，在日渐老去的屋檐下默默伴着这一家人度过了风风雨雨几十年的岁月。我想象着它的两个主人多年前各自提着简单的行李来到这个寂静小城的情景，大概也像几米在漫画里画的那样，有一天在某个圆形花坛前不期而遇，而后结婚，生子，从此沉淀了下来吧。有苦楝树的院子，便是他们在异乡携手相伴此生最初的开始。

许多年以后,我也带着简单的行李来到了这里。有一天,像回家一样走进了这间放置着苦楝梳妆台的屋子,结婚,孕子,也从此沉淀了下来。我现在每天安静地在这幢跟自己年岁一样的屋宇里进进出出,就像曾经在后院里也种有苦楝树的童年的家里一样。那时候我一个人睡在二楼的房间,那扇没挂窗帘的窗户总是开着,层密的树叶在窗外被风吹得沙沙作响,总令人有下雨的错觉。夜里坐在房间里看书画画,苦楝树的花香便随着晚风飘进屋来,有一种时光悠悠没有尽头的漫长感。

那棵苦楝树后来也被爸爸砍了,和其他木材一起堆在库房里准备用来做家具。据说过去生养了女儿的人家,总会在庭前屋后的空地上种几株苦楝树,等到女儿长大成人,苦楝也已成材,此时把树砍了做家具,可作为女儿陪嫁的嫁妆。这棵树当然没能给我做嫁妆,它永远安静地长在我的童年岁月里,我回一回头,就能望见它枝繁叶茂、满树繁花的样子。

雨天，蛙声，鸡蛋花树

"大雨后霁，傍晚又雨，彻夜不止。"这是周作人某篇日记里的话。今年第一场滂沱的春雨此时正连绵不断地下着，已经是第三天了，依然没有停歇的意思。半夜醒来，听见窗外淅淅沥沥的雨声，心里格外宁静，觉得有一种天荒地老的安定感。

昨天夜里去公公婆婆家，在六楼居然听到了蛙声。开始以为是错觉，后来站在阳台上，声音越发大了，原来是从楼下的水池里传来的。下楼散步时，二哥一边带着我考察有花园的房子，一边又不免担忧如果以后住到了这里，夜晚睡觉定会很吵闹。其实相较于车水马龙声，夜里我倒宁愿被雨声与蛙声围绕。小时住处附近河塘环绕，有水的地方，当然就有青蛙，夜夜枕着蛙声入眠，也是一道遥远而又亲切的回忆。

从小就爱极了雨天，尤其是春夏的雷雨。说不清是恶作剧的玩乐心态，还是大雨倾盆而下时噼里啪啦砸在屋檐上泛起的蒙蒙雨雾令我着迷。如果以后有机会临地而住，一定要在卧室的窗外种一丛芭蕉，夜里听着雨打芭蕉声看书睡觉，光是想想就很美妙。还想在院子里挖上一个小水池，专门用来养睡莲与荷花，再把现在鱼缸里的小鱼们都放进去撒欢。我不要爬山虎，将院子染绿的会是满墙的牵牛花，每一朵蔚蓝的花朵都是望向天空的澄澈的眼睛。挨着篱笆种下的是一圈栀子，门窗偌大地开着，初夏的晚风吹进来，满屋子都将萦绕起熟悉的幽香，我要在这样的芬芳里看书和画画。对了，还要在院子的角落里种上一棵鸡蛋花树，有月亮的晚上，我们就坐在树下喝点小酒，透过鸡蛋花树的枝丫看星空。

不知为何每次看见婀娜优雅的鸡蛋花树，就会莫名地联想到月亮。被宽厚大叶聚拥而生的鸡蛋花其实也颇有众星捧月的娇宠感。清润厚实的五瓣，花冠内心呈鲜黄色，到花瓣外围则逐渐漫延为乳白色。内黄外白，这大概是它得名的原因。很爱它的另一个别名，缅栀子，有悠远沉静的意味。夏日的雨天打着伞在鸡蛋花树下捡拾落花，拿回家用清水泡着，也有一种静谧的温情。有一次,二哥踢球回来,神神秘秘地递给我一个袋子,打开一看全是鸡蛋花。他说是在球场捡的——一个穿着球服的男人,热汗淋漓地蹲在树下帮妻子捡拾鸡蛋花,这个场景,想一想就让人满心柔软。

樟树的气味

上午去老城区写生，溜达至中山纪念堂对面的巷子里，在一家有围墙的院子门口看到一株苍老的大树。树干粗壮，枝叶繁荫如撑开的大伞，将树下的屋檐遮盖得越发幽静沧桑。开始以为是苦楝树，走近发现不是，蜿蜒的枝干有几分相似，但叶片形状还是很有些差异的。风阵阵吹来，万千叶子轻轻舞动，在太阳下泛着梦幻般的光亮。面对这番景致，有股说不出的熟悉感，却又始终想不起在哪里见过。那老树下锈迹斑斑的院门紧闭着，牌匾上题着"市委招待所"几个字，字体与装饰风格都透着八十年代的气息。后来听二哥说，院内曾是一幢民国时期修建的洋楼，后改为中山市委的招待所，取其门牌号，被人惯称为139招待所。时间如涓涓流水不断向前流动，数不清的人与事都随之苍老与隐去了，只有这棵树在无声地见证着俗世

里的变幻。后来在招待所对面选了个位置坐下,正画得投入,突然听见背后传来开门声,才发现自己坐在一家花店的正门口。店主是个三十多岁的女人,人很热情,闲聊了几句后,便指着对面的老树问她知不知道叫什么名,她也不知,只说在这里长了很多年了。她的女儿三四岁的样子,扎着两根细细的小辫子,安静地坐在玩具车上玩耍,不时跑过来,忽闪着大眼睛看一看我,又低头看一看我正在画的画。晴日当空,透过片片泛光的叶缝望上去是淡蓝明净的天,偶尔飘过几朵轻柔的白云,阵阵涌来的风吹得眼前的叶子哗哗作响。突然觉得很感动。有一天我肚子里的孩子出生长大了,也会在这样时光悠慢的树荫下绕着画画的妈妈打转吧。而此时的他,是否正像泰戈尔在《金色花》里写的那个小精灵一样,正笑嘻嘻地藏匿在树叶之间,顽皮地将小小的影子投在我正画着的画上呢?

画完画回来的路上,天渐而阴沉下来。午睡醒后,靠在床头把《在家和尚周作人》看完了。夜里下楼去公园散步,从丛树底下穿过,心里还在牵挂着上午画的树。二哥分析说可能是樟树,断定的依据是它苍老的树龄,而在广东这边常见的老树通常只有木棉、榕树,还有樟树。除去前两种,就有可能是后者了。回来后赶紧百度查看，嘿，果真是，那股始终萦绕于心的似曾相识感也随之豁然开朗。想起小时候，邻居家的后院就有一棵，挨着我家的厨房。厨房的窗户没有玻璃，糊着一层半透明的塑料纸，透过这层塑料纸望出去的景致都被镀上了一层朦胧的诗意，那棵樟树的叶子就在这样的世界里泛着蒙蒙的光。那时候妈妈习惯在衣柜里放置樟脑丸用来驱虫，所以穿在身上的衣服，常年都散着一股樟脑丸的药香味。如果现在再闻一闻这气味，也必会升起熟悉的温情感的。

木棉红影

今天终于决定去画那棵老巷深处的木棉。已经是第三次光顾了,一直都在等待它花开满树的样子,然而终究也没能等到。四月中下旬的现在,它已经枝叶繁生,绿荫如盖了。而这段时间夜里去逸仙湖公园散步时,总会特意转去探望的那棵路口的老木棉,此下也已满树新叶,自始至终也没开上一朵花。想起电影《月满轩尼诗》里,阿来与前女友重聚,看见车窗外一瞟而过的几树红棉,自说自话道:"听人家说,木棉开花就表示不会再冷了。"她听了,莞尔一笑:"现在天气那么反常,谁知木棉会不会也中了招呢。"抛开他们的话中话,今年的木棉果然就中了招,初春持续低温了一段时间,以致连植物的自然规律与本性都因此紊乱了。

木棉是南方特有的一种热带树，花艳红，六瓣向上，花形有些像王维诗《辛夷坞》里的辛夷花，笔头一样缀在平直矫健的枝干上，很是古拙可爱。我是住到老城区才第一次看见木棉的，去年初春的一个夜里，散步时无意间在树下捡到两朵，很兴奋地拿回来画了一幅水彩画。自从那天开始知道这种花树的存在后，才发现其身影几乎遍及整个老城区。古诗里赞叹它们开花时的壮景："望之如亿万华灯，烧空尽赤。"的确如此，因其先花后叶的特性，新叶长出之前，先在光秃秃的枝条上一朵挨挤着一朵吐露出硕大红花。待到繁花满树时，那热烈而又恣意的艳红如喷如倾，高耸直入天际，如同晚霞将头顶整片天空染红，远远望去，令人对其肆意挥洒的生命热情望而惊叹。

"春日偷闲，站在树旁欣赏大红的落花从半空旋转而下，实在是浮生一件乐事。"这是叶灵凤笔下的闲情木棉。去年三月初，二哥曾特意开了六个小时的车陪我去潮州画陶瓷。那时正逢木棉的花期，高速上一路红影跳动，到了目的地，潮州更是满城浸染在璀璨红海里。站在韩江边苍劲的木棉树下看红花旋转而落，与用树下的落花摆成的一颗硕大红心，成了一道永恒甜蜜的木棉回忆。

大概每一个在南方长大的孩子，童年回忆里必定少不了木棉红影吧。听二哥讲过好几段有关石岐老木棉的往事。譬如以六棵百年木棉而闻名的"六棉古道"西山寺，八十年代时曾是石岐镇文化馆，公公还带他去里面看过画展。对面那座民国风格的建筑楼，过去是中山纪念图书馆，后来改成了儿童图书馆，小时他经常去里面借书看。上次我们散步过去，发现那幢老楼现已成了佛教协会，门上那块宋庆龄题词的"中山纪念图书馆"的牌匾早已不知去向。还有一次，他讲到小时家住河泰街时，附近也曾有一棵繁茂幽深的老木棉，他常和小伙伴在树下的沙池里挖土堆沙，玩弹珠等游戏。每年木棉花开之时，总有大人挤在树下争抢落花，以便捡回家去煲制凉茶。而小孩子们却独爱未开的花蕾，因为插上火柴棍便可以做成陀螺玩耍。后来不知哪一天，那棵老树最大的一条分枝，连同那段温暖细碎的岁月一同被人砍了去。今天我们写生时特意绕过去看，只见它瘦骨嶙峋地耷拉着几片叶子，在日暮的风里孤单地摇摆着，真的是苍老零落了。

柚子往事

家人从湖南探亲回到中山，给我带来两双小娃娃的毛线鞋，说是乡邻哑巴媳妇亲手钩织的。这还是第一次以准妈妈的身份收到送给还未出世的孩子的礼物，拿在手里陡然升起一股怪异的温情。近二十年没见，不论怎么努力回想，对这第一个送礼人的面容也是模糊一片。记得哑巴媳妇刚嫁过来的时候，我还在读小学，挤在人群里看到新娘子，觉得像仙女一样美丽脱尘。她的丈夫也是个哑巴，高高壮壮的，满脸的稚憨气。这么多年过去了，当时还只是个孩子的我现在正挺着六个月身孕的大肚子，而他们自己的孩子大概已经长大成人了吧。

娃娃鞋摆在床边的书架上，似乎像架在时空里的桥梁一样连通了现在与过去。很深的夜里躺在床上回想往昔，无端端记

起哑巴家前院的那棵柚子树来。印象中那个院子似乎无人打理,杂乱无章的荒草中丛生着幽深的大树,柚子树就是其中一棵,长得最为粗壮高大。那时,几乎家家户户都种有橘子树,比如我家的后院里就有十几棵。少数人家种柑子树,柑子在外省似乎很少见,是一种比橘子大而酸的水果,熟透了皮呈姜黄色,吃起来酸中渗着一丝甘甜。而这种柚子树,种的人就更少了,哑巴家这一棵,是我们住处附近唯一的一棵,开花时,散着一股静谧的香气。等到柚子成熟后,我们偶尔也会分吃到几个,是一种极难下咽的酸涩味,多年后在广东吃到甜柚子,才一改当初落下的根深蒂固的酸柚子印象。

那时挨着哑巴家住着一户同处的人家,那家有三姐妹,最大的姐姐与我年龄相仿,她妈妈是个慈目和蔼的女人,对孩子们很温柔,所以我经常去找她们玩。夏日炎炎的午后,小孩是从来不愿老老实实睡午觉的,等大人们睡着后就悄悄跑出来四处溜达。我们常常跑到那棵柚子树下去,捉藏匿在树干上的蝉壳,将绳子系在两棵树之间荡秋千,或者拾一些破碎的瓷碗物什玩过家家的游戏。在南方的烈日下晃动着的黑瘦身影,和着此起彼伏的蝉声里的时光,是那样悠远天长。后来,我因学美术,每年暑假开始风雨无阻地去老师家画画，升初中时也选择了离家很远的学校读书，童年的伙伴就这样渐行渐远了，长大后始终对宫崎骏的《龙猫》情有独钟，也是因为里面的场景有童年的影子吧。

今年过年时，在楼下捡到一棵别人丢弃的小树苗，二哥说是柚子树。有一天在老巷子里写生，在一家院子里看到一棵树，叶子与我们捡到的那棵很像，正开着的白花，散着遥远的静谧香气。于是，我开始耐心等待阳台上的那棵也开出同样静谧的白花，只是因这熟悉的气息能召回远逝的往昔，至于将来能否结出果实，却反而是不作奢望的。

蓝花楹，红花楹

昨天傍晚时分路过小树林，远远看见路边几棵树的绿叶之间蓝影跃动。走近一看，惊喜发现竟是久闻其名的蓝花楹，寻了许久，却不知它们原来一直近在咫尺。几年前在瑜伽馆认识过一个女孩，她的网名就叫蓝花楹，当时觉得这名字实在美得令人心颤，后来才知道原来是一种花树名。

蓝花楹花小如钟，细密地挨挤着连成一串，遍布在纵横交织的枝头，远观仿佛笼罩了一层蓝色轻雾。而站在近处细看，会发现它蓝中带紫，是调色盘里用青莲加少许湛蓝，就像在画布上涂抹一场欲说还休的梦境。又像是春天的雨夜，独自一个人窝在沙发上听肖邦的《夜曲》，低缓的旋律在清冷的屋子里起伏荡漾着，沉静婉转，细语低回，似有无限深情，却又让人感觉步履踟蹰，徘徊不前。

这些天凤凰树也开花了，开始是绿叶之间缀着点点红，后来猛然在一夜之间整株都红了，红得鲜艳炙烈，令人不忍直视。连不到两岁的小侄儿都惊讶地指着它们用稚嫩的声音说："红树。"有一天夜里从树下走过，捡到一朵完整的凤凰花，大概是被人从树上摘下的，仔细拿在手里观察，总算理解了"叶如飞凰之羽，花若丹凤之冠"。

前年夏天曾坐在阜沙的水边画过一株凤凰树，那树傍水而生，一半树叶覆在水里，一半遮盖着路面。那是一条已经被人遗忘的石板路，路两旁商铺里的开店人与顾客都是白发苍苍的老人。不论时间怎样地流逝，凤凰年年红花依旧，而树下的人却从黑发白了头。现在住处的阳台前，也有这样一棵苍翠繁荫形如凤凰的大树，伴着二哥从童年一直走到了现在。有一天我画下了它，并郑重地在画上写下保尔·艾吕雅的《凤凰》："我是你生命中的最后一个过客，最后一场雪，最后一次求生的战争。"

凤凰树因与蓝花楹有着相同的特性，故又被人称为红花楹。

缅桂白兰树

白兰树的花期随初夏一起来到了。

这几天穿过两旁长满高大白兰树的孙文中路回家时,整条路仿佛都浮动着沉郁的暗香。中山许多条街道都植种着白兰树,但都不及长在这条老街上的高大蓊郁。不管晴雨天,从树下穿行而过,都好似走在斑驳荫凉的绿影里。晚年的汪曾祺在《昆明的雨》中回忆年轻时在云南的日子:"我在若园巷二号住过,院里有一棵大缅桂,密密的叶子,把四周房间都映绿了。缅桂盛开的时候,房东就和她的一个养女,搭了梯子上去摘,每天要摘下来好些,拿到花市上去卖。带着雨珠的缅桂花使我的心软软的,不是怀人,不是思乡。"里面的大缅桂指的就是白兰树,白兰花因香气甜润似桂花,由此有个好听的别名缅桂花。

昆明至今还保留着卖白兰花的传统。前年在昆明的出租车上，路遇挎着篮子在红绿灯处兜售白兰花的少女。用细棉绳将白花串成条条花环，手里拽着好几条，竹篮里还放了一些。司机大概爱这花香，摇下车窗买了一串挂在车镜上。忘了不知在哪一篇文章中看过，每逢栀子与白兰的花期，苏州街头巷尾的清晨，都会传来卖花姑娘清亮悦耳的叫卖声，这花香与叫卖声，令人有平淡清日里的安定与闲适。在中山，好几次起了大早去街巷写生，都会遇见一个推着小轮车的妇人，站在拱辰路与孙文中路交界的白兰树下卖花。她从不叫卖，只是默默地站在路边。

石岐的老榕树

这个星期又把《世界美如斯》搬出来看了,极爱这本捷克诗人赛弗尔特在晚年撰写的散文回忆录。一页页优美而又感伤的文字在指间划过,就像安静地坐在老榕树下听老人娓娓絮叨着平生往事。为什么是老榕树?大概是因为见到它总能令我触摸到时光里无声的留痕吧。

石岐有许多垂挂着长长根须的老榕树,最熟悉的莫过于榕树头和月山公园门口的那两棵。月山公园是一座弥漫着沉静光芒的园子,遍及野草荒藤与苍幽老树,犹如史铁生笔下的地坛,在旅游业还不曾开展时,很少被人记起的荒芜冷落的样子。月山公园的正门对面,遗留着老石岐最后一小段古城墙遗址,那棵榕树就深深地根扎在石缝里,无数条粗壮的老根盘根交错着,

几乎铺满了整个墙面。刚认识二哥的时候,有一次他教我如何前往到那里写生。在使尽地图与费尽口舌描述等各种方式无果后,才发现我是个不分东南西北的路痴,无奈之下便编了个笑话来打趣我。

大意是我拦住一辆出租车,对司机说:"去那个有大榕树的地方。"

司机:"石岐很多地方都有大榕树的哦。"

"就是那棵有三个树杈的啊。"

"……"

有一天我果真带着画具坐上了一辆出租车,没想到那个司机也是外地人,连导航都用上了,最后也没能找到月山公园的具体位置。后来终于去画这棵老榕树却是在结婚后,跟二哥一起搬到老城区居住的那一年。因为住得近,所以经常散步过去。树下的世界,总是静的,暗的。白天除了几个穿着汗衫的老人坐在绿荫里下棋,平日是极少能遇见路人的,而晚上就更不大有人烟了。

相较于月山公园的沉寂,仅有一条小巷之隔的榕树头就喧闹得多了。因为位处拱辰路与太平路的交界口,故而无论昼夜都是车来人往的。有一段时间我每天早起去画拱辰路上的老骑楼,一天有人跑来采访我,一问才发现是报社不曾谋面的记者同事。他笑道,一大早还在被窝里,就接到爆料人的电话,说有一个女孩最近每天上午在拱辰路上画画,今天已经画到了榕树头的位置。榕树头对于本地人来说,早已成为一道地名性的标志。

当年有名的沙岗墟集市还在太平路上时,每逢农历墟日,老榕树下便是江湖卖艺人活跃的舞台。赶集的摊位也是从这棵老树下开始延伸摆起的,一直绵延到了莲塘街。现在太平路两旁还保留着一些极具特色的街巷名,譬如猪仔街、卖鸭街、染布巷、蓑衣街……这是那段已逝的岁月遗留下来的真切痕迹。二哥说在他小时候,印象最深的是维新街口的一家米店,他以前经常去那里买全家的米。而他喜欢买米这差事其实是因为痴迷店里那台"神奇"的木头机器。付完粮票与钱后,店员会先按重量调好砝码,而后拉一下机器上的把手,大米便哗哗落到中间一个木箱子里。量好所需的分量后,让买米人把米袋套在槽口上,再拉另一个把手,大米便又通过打开的小闸门哗哗落到袋子里了。

后来沙岗墟几经搬迁,首先是搬到榕树头附近的湖滨路,进而又转去柏苑与松苑。在我来中山的那一年,就已经迁到现在的沙岗墟公园了。二哥说自从沙岗墟从榕树头搬走后,就像童年一样离他越发遥远了。不过现在他又开始留意起另一棵老榕树下的墟日来,因为我会经常拖着他陪我去那里淘旧书与买花。

与南洋楹为邻的日子

准备出门时下起了大雨，行李已经收拾停当，就等着搬家公司来搬，只随身携带了一些简单的洗漱用具。下楼时站在楼梯口回头望了望那棵一直被我误认为凤凰树的老树。前不久终于知道了它真正的名字——南洋楹。三年前，我第一次带着简单的行李住进这间屋子时，它就站在阳台的前方迎接我。那天也同样是初夏的一个雷雨天，风大得惊人，它摇摆着枝丫的样子好像在挥着手臂说，你好。三年了，我已经习惯在每晚临睡前拉上窗帘时跟它道声晚安，而今晚，在差不多的时间道下的却是再见。

我一直以为它是凤凰树，因为叶子如此相似。只是每到盛夏，它从未开过炙热的红花。它的花永远是温润的淡黄，站在远处望过去像是一个一个漂浮在半空的点,细细碎碎地散铺于密叶间。在阳光的映照下,树顶仿佛弥漫着一层淡黄色的云雾。这棵老树根植在楼下公园的角落里。站在树下往上张望,从叶缝间洒下微细而透亮的光线,就像从指间流走的光阴。它已经很老了,有多老呢,似乎没有人知道。每次读老人撰写的回忆录时,我的脑海里浮现的,总是它温和沉默的样子。那是一种美妙的姿态,像是沧桑时光的安然栖息。

三年间,当我坐在公园的石凳上发呆,躺在卧室靠窗的床头看书,还有站在种满花草的阳台上晾晒衣服时,总是习惯不时地抬头望一望不远处的它。它见证了这三年里我的欢乐与忧伤,以及所有游动在时光里的痕迹。我习惯了早睡早起,习惯了在菜市场买菜时,顺便带回一束花。我习惯了吃清淡的食物,一如越来越寂淡的性情。厨房外的餐厅被我当成了画室,在炖汤的间隙我会听着收音机在画布上涂抹。中午时分,外出工作的人会回来吃午饭。他站在门口摇一摇门铃,我便飞快地奔去开门。门铃是一个铃铛,上面系着一个小方木块,木块上被我用黑色油性笔歪歪扭扭地写着:"风来了"。那是一丝带着静谧气息的风。我想起三年前刚搬进这间屋子的那天下午,我一个人坐在客厅里收拾公公的旧书,外面下着滂沱大雨,穿过层层楼阁屋宇吹向我的就是这股同样气息的风。我抬起头,看着不远处的那棵老树,对已经开始的新生活有些陌生的忐忑,又有着前所未有的笃定心安。后来有一天,我坐在阳台的晨光里画下了它。那个时候我还以为它是凤凰树。我在画上郑重地题上了保尔·艾吕雅的《凤凰》:"我是你生命中最后一个过客,最后一道风景,最后一次求生的战争。"

后　记

《流萤集》的译者吴岩,曾在后记中感谢泰戈尔给了他一百多个美好的清晨,因为这本诗集是他坐在晨光里一边品味,一边迻译的。现在,我也想借这篇后记感谢《中山客·南国花影》伴我度过的一年半的美好时光。在过去五百多个既简单又沉甸的日子里,每天置身在阳光与花草中写写画画,心境是如此的笃定宁静。民国才女陈衡哲的丈夫任鸿隽曾对她说:"我希望能做一个屏风,站在你和社会的中间。"我是幸运的,命运也慷慨赠予了属于我的屏风,因为他的懂得和宠爱,令我得以保持自己的天性,能继续不问世事地揣着画笔游走在现实与梦境之中。

当今年坐在第一抹新绿里开始写画第一篇花木文章时,随着春天一起来到的，还有生命中的孩子。不知从哪一天开始，习惯了每晚临睡前听一首诗。有一天听到泰戈尔的《金色花》，被空气一样游动在诗中的自由纯真与圣洁的爱所打动：

假如我变成了一朵金色花，为了好玩，
长在树的高枝上，笑嘻嘻地在空中摇摆，
又在新叶上跳舞，妈妈，你会认识我么？
你要是叫道："孩子，你在哪里呀？"
我暗暗地在那里匿笑，却一声儿不响。
我要悄悄地开放花瓣儿，看着你工作。
当你沐浴后，湿发披在两肩，穿过金色花的林荫，
走到做祷告的小庭院时，你会嗅到这花香，
却不知道这香气是从我身上来的。
当你吃过午饭，坐在窗前读《罗摩衍那》，
那棵树的阴影落在你的头发与膝上时，
我便要将我小小的影子投在你的书页上，
正投在你所读的地方。
但是你会猜得出这就是你孩子的小小影子吗？
当你黄昏时拿了灯到牛棚里去，

我便要突然地再落到地上来,
又成了你的孩子,求你讲故事给我听。
"你到哪里去了,你这坏孩子?"
"我不告诉你,妈妈。"
这就是你同我那时所要说的话了。

那天我靠在深夜的床头,闭着眼睛听了一遍,又听了一遍,久久沉浸在金色花弥漫的花香里。后来才得知被诗人借其神性与灵性喻作孩童的金色花是印度的一种圣树,木兰科属植物,开金黄色碎花。泰戈尔笔下的诗,总是遍及草木生灵的身影,蕴含在其间的宽厚慈悲的大爱,总能令心灵得到沉郁的滋养与慰藉,这大概也正是我一直醉心于泰戈尔的草木诗的原因。

时常感恩在人生最初的孩童时期,即有幸融入广阔的大自然中,看四季流转,花开花落。我总是能一眼望见还是小女孩的自己,久久坐在童年的洞庭湖畔凝望天空与水色的安静身影。燕子在头顶低低地飞过,空气里弥漫着初夏的栀子花香,叫不出名字的野花野草在水边铺满了一地。后来有一天,我沿着这条水边小路开始远走,从一座城市走到另一座城市,在一个又一个异乡的人海中寻找熟悉的草木气息。直到因缘际会地在这座绿枝繁郁,花影璀璨的南方小城沉寂了下来,结婚,孕子,从此没有再离开。我开始习惯坐在另一个湖畔凝望天空与水色,看四季流转,花开花落——"记得芭蕉出槿篱",我是于鹄诗里的放牛女,即使走得太远,也走不出童年的花香。

当这本用文字与画笔定格了几十种花木影像的集子面世之时,也终于要与肚子里的孩子见面了。我总是想象着他也是开在树上的一朵金色花,自由,烂漫,对世间充满了温情的爱意。其实,人本是大地之子,每个生灵又何尝不是大自然的金色花,在属于自己的小小国度里,散着淡淡的香。

贺学宁

附录一：文学视域中的恬静书写
——漫谈贺学宁《中山客·南国花影》的艺术感觉

郑万里

贺学宁是一位擅长"细笔速写"的湘妹子，她的速写和她一样，看上去都是那么弱不禁风，但细细品读却让你感到力透纸背。2007年，《中山日报》招聘美编，她将自己的速写作品连同她设计的版面一起从东莞投来，等我们发现这个人才时，她已经背着画板去了北方，电话中几顾茅庐之后，她姗姗来到中山。从那时起，她就成了中山日报一名美术编辑。

工作之余，她走街串巷甚至远赴他乡玩她的"细笔速写"，不仅收获了艺术成果，也将自己的崇拜者变成了自己的爱人。

她在画画儿的同时还喜欢读书。有一次她问我什么书好看。我说:"《追忆似水年华》。"

过了一段时间,她说:"《追忆似水年华》只有周克希的译本好看。"她的话把我惊呆了,读书人都知道,《追忆似水年华》是最难啃的书,一般人读不完就放下了,她不仅读完了,而且读了三个版本。

后来,我又告诉她"可以读读奈保尔"。那时,我正在写《诺贝尔文学之魅》,刚好读完奈保尔的《印度三部曲》。又过了一段时间,她告诉我:"《印度三部曲》写得真好,我读了两遍。"

再后来,我看到了她的文字《好女儿凤仙花》——

好多年没见过凤仙花了,现在花市上卖的多是非洲凤仙或混色复瓣的变种,而遍及在我童年岁月的那种最为普通的凤仙花如今极为鲜见了,大概只有在偏远的乡野才能找到吧。前年夏天刚搬来老城区住的时候,阿花曾移栽给我一株小花苗,放在阳台上种养着,不曾想却被夜里前来寻食的老鼠啃断了花茎。还有次去韶关的老村落写生,在一户人家院子的草叶丛中发现了好几株,刚开花,淡而灵动的粉红飘荡着遥远而又熟悉的气息。本想采摘几粒种子回来,可惜找了半天未遂也只得作罢。好在现在还有无所不能的淘宝网,在上面买了一包种子,春节刚过就播下了,现在已经发芽吐苗,不知道将来开出的花是不是我朝思暮想的那一种。

她的文字恬静隽秀,形色柔美,在现而今这个连石头都疯狂的浮躁时代,能守住这份心灵的安宁实属不易。此后,她陆陆续续写了《-庭栀了香》《记得芭蕉出槿篱》《百合深处有书香》《茉莉花,花香如梦鬟如丝》《一城风絮,只有桂花香暗飘过》《车前草上白月光》等34篇花草佳作,结集为《中山客·南国花影》。

总有一种感觉,她的作品抓住了大自然中花花草草的灵性,糅合了十分美好的生活情趣和艺术感觉。就这一点而言,她有所继承。"从屈原佩兰示节,陶潜采菊东篱,李白醉卧花丛,杜甫对花溅泪,白居易咏莲吟柳,乃至林逋梅妻鹤子……"无不是中国文人的一种情怀。所不同的是,书写的时代变了,书写者的审美标准高了。

伏尔泰说:"大自然蕴涵着远胜人类施教的影响力量。"此话甚是。花草既是大自然的精灵,也是人类审美的对象和人类文明的载体。然而,无论是审美抑或文明,都是书写的居所。是书写搭建了人类精神或物质的殿堂。作为人类审美成果的载体,书写呈现为一种书写者的行为方式或生存方式,它所搭建的殿堂往往成为书写者的精神家园。

从贺学宁的《中山客·南国花影》中,很明显地看到了这些。她的作品和她的"细笔速写"一样,均有着强烈的物境之美,它给了读者诸多美好的联想。比如:

> 蜀葵的花色繁多,最常见的是红色与紫色。明朝蒋忠有一首《墨葵》:"密叶护繁英,花开夏已深。莫言颜色异,还是向阳心。"花开夏已深,很爱这一句,有时光悠悠,岁月静好的意味。只是在广东这边,因为气温高,大多植物的花期都会提前。四月中旬的当下,蜀葵已开得炙热如火。以后很想挨着墙面种下一丛,风起时,周遭静谧,时光印在花影里,隐隐绰绰。

物境,古人理解为"度物象而取其真"。它通常借助于"目识心记"而获得。说白了就是书写者将自己的喜怒哀乐附着在客观事物上,无论是观察还是书写,均服务于书写者的心灵感受。

当然，在感受大自然的过程中，书写者也可能修正自己的感受，使之形成和谐的物境之美。

物境往往不会孤立存在，它总是依偎着意境携手而行。贺学宁的《中山客·南国花影》恰恰佐证了这个观点。

> 很喜欢鸢尾，现在满心期待四月的到来，也是因为有鸢尾花开。每年这个时节，它们定会把岐江公园的湖水染成一片深邃又轻灵的蓝紫色。这个周末带上画具去画，坐下没多久就开始下起了雨，而后越下越大，公园里的游人随之散去，只剩我与二哥各自撑着伞继续画着。大雨簌簌而落，周遭白茫茫一片，蓝紫色的花影隐在其中仿若如梦，然而却又是真实的。

意境，是书写者心灵感受的韵味和情调。明朝的朱承爵在《存馀堂诗话》中说："作诗之妙，全在意境融彻，出音声之外，乃得真味。"尤其是画家，对意境的追求超过其他文艺家，而画家中的书写者，其文学成就多为卓著。如宋朝的苏东坡、明朝的唐伯虎、清朝的郑板桥、近代的李叔同等都是如此。

还有情境。所谓的艺术境界，应该是物境、意境和情境的水乳交融。我很欣赏贺学宁书写中那种恬静而悠然的情感，这种情感所承载的信息一定是善，是美，是人世间最值得依恋的东西。从她的文字中,我仿佛看到了奈保尔、看到了汪曾祺的影子。

最后,我用贺学宁在《中山客·南国花影》后记中的文字结束本篇:

> 时常感恩在人生最初的孩童时期,即有幸融入于广阔的大自然中,看四季流转,花开花落。我总是能一眼望见还是小女孩的自己,久久地坐在童年的洞庭湖畔凝望天空与水色。燕子在头顶低低地飞过,空气里弥漫着初夏的栀子花香,叫不出名字的野花野草在水边铺满了一地。后来有一天,我沿着这条水边小路开始远走,从一座城市走到另一座城市,在一个又一个异乡的人海中寻找熟悉的草木气息。直到因缘际会的在这座绿枝繁郁,花影璀璨的南方小城沉寂了下来,结婚,孕子,从此再没有离开。我开始习惯坐在另一个湖畔凝望天空与水色,看四季流转,花开花落——"记得芭蕉出槿篱",我是于鹄诗里的放牛女,即使走得太远,也走不出童年的花香。

附录二：被植物之神眷顾的幸运人（访谈）

杨彦华

我和贺学宁是知己好友，熟悉程度到了眨个眼低个眉就知道对方在想什么。尽管如此，我还是要做这个细致的采访，每个人是因为细节不一样而成为了另一个完全不同的人。

2013年贺学宁写画完《中山客·南国花影》时，她的儿子小墨鱼尚在她的肚子里，与她一起亲历了《中山客·南国花影》的诞生。如今小墨鱼一岁半了，他又见证着妈妈写画出了《中山客·南国花影》的修订版。两部《中山客·南国花影》里的故事是些什么？我们会在《中山客·南国花影（修订版）》里看到一个怎样的她？作为好友、读者和记者，我采访了她。

植物是反映生活的媒介

杨：是什么机缘让你画了那么多的植物，又为植物写了那么多文字？

贺：这可能源于我童年时的生长环境。我很感恩在人生的最初即有幸融入广阔的大自然，与植物相处，令我感悟到了生命最本真的平静与愉悦，套用张爱玲的一句话就是："在没有人与人交接的场合，我充满了生命的欢悦。"

离开出生之地在外求学与工作的这些年，尽管相对而言过得动荡与飘零，但我的生活方式却始终没有改变——种花，绘画与阅读。几年前，诗人二二给我写了几首诗，里面有一句是："她可以把每一段流浪的日子/都过得安居乐业"，我想"安居乐业"最大的心灵后盾就在于这样的生活方式吧。

2012年，我遇到了挚爱的人，有了一个温暖的家。我在住处的阳台上种了许多花草，理所当然的，它们都成了我的作画对象。而后，我也开始为它们撰写一些文字，陆续发表在《中山日报》的文化周末版廖薇编辑的"浮城绘"专栏里。我还记得第一篇文章是《一庭栀子花》，后来那篇文章还被收录到一本中学生作文选里面去了。那一年下来,断断续续写画了十几篇这样以植物为主题的文章。2013年的年初,中山出版公司的何腾江找到我,希望我继续写画下去。最后它们汇辑成了《中山客·南国花影》。

杨：在合适的时间,做喜欢的事情,是一种迷人的状态。

贺：是的,写这本书的2013年的春天,我刚好怀孕了,算是同时孕育了两个生命,而且两个"孩子"都在差不多的时间出世,我很感激他们的陪伴。我的整个孕期,每天置身在阳光与花草中写写画画,是充盈,美好和富足的。我很迷恋那种生活状态。

杨：你说你迷恋那种生活状态？

贺：是呀,我那时住在逸仙湖附近,生活得既简单又充实。那边是老城区,离世俗生活非常近。我每天穿过老街巷去菜市场买菜,墙缝里长出的植物,春天的嫩芽,坐在阳光下拉家常的街坊,都会让我觉得很美妙。我与生活没有脱节,写作放到那种状态里面,完全是水到渠成。

杨：我记得你以前是不怎么爱去菜市场的呀。

贺：喜爱上世俗生活，大概跟婚姻有关吧。没结婚以前，我四处搬家，没有根，好像觉得生活有无限可能。结婚以后，整个人就像着陆了，人也放松了下来。在这里，我特别感激我的爱人，是他的出现带给了我心灵上的安定感。遇到合适的人，婚姻就是港湾。整个2013年是我状态最好的一年，充满了安详的喜悦，很充实，很美妙。有了生活，我笔下的花草树木才有了真正的生命。

杨：那你有生命的植物指的是什么？

贺：我笔下的植物只是一种媒介，我用它来表现生活。我借植物来写曾经和正在经历着的人、事、情，这样的植物就是有生命的。汪曾祺有一句话说得特别令人感动："我想把生活中美好的东西、真实的东西，人的美、人的诗意告诉别人，使人们的心得到滋润，从而提高对生活的信念。" 我也想静而慢地写画这样一本书，用美的文字，美的图画，去诠释生活中那些美好与诗意的东西。

杨：这句话的确很美妙，充满了人生的智慧与情怀。植物对你的性情有什么具体的影响吗？

贺：植物令我的性情变得越来越沉静。你知道日本的作家庄野润三吗？他在晚年时，每晚临睡前一定要吹口琴，曲目随季节而变。春天吹《春季小河》，夏天吹《暑假》，秋天吹《红叶》，冬天吹《故乡》。他还每天记录在院子里看到的鸟，以此作为季节的标志。而我则用植物来感悟四季的流转，春天的杜鹃、栀子，夏天的夹竹桃、凤凰花，秋天的紫薇、桂花，还有冬天的风信子、水仙。引申来讲，我用植物来感悟生命，我的情感与记忆及对生活的体味都浓缩在每一场花开花谢里。

植物始终是画笔下的主角

杨：过了一年多，现在《中山客·南国花影（修订版）》与2014年的版本有什么不同？

贺：《中山客·南国花影（修订版）》新增了近乎原有内容的一半，内文的配图也全部画成了彩色。

杨：对，我看到了，我特别喜欢你画的鸢尾和兰花。蓝紫色的花开在淡绿的底色上，感觉很清雅。这种画法有没有一个特定的名称?

贺：小写意吧。我有一套日本江户时代的儒学者细井徇与细井东阳撰绘的《诗经名物图解》，里面绘制了上百幅诗经里的植物，画得很静美，宁静又灵动。我也想画这样一套植物画。这几年，我一直在寻找最适合自己的作画方式。这次我的画法是丙烯颜料与木板的结合，作画的木板是墨鱼爸帮我找来的，据说是练习跆拳道的击破板。我用丙烯颜料在上面刷一层淡淡的底色，然后再用细笔直接勾勒植物。五十幅图，画了三个多月，画坏了两支笔。总体来说，画的过程很愉悦，就像与植物进行了一场近距离的心灵对话。这些年，我一直坚持画速写，算是在练基本功，这次的植物创作，称得上得心应手。

杨：看得出来，这次彩图的线条很娴熟，画风也更加成熟了。我知道你一直在老城区写生画速写。

贺：嗯，来中山的这几年，我最喜欢去老城区写生。以前我的老师说他们那代人年轻时，都是扛着麻袋外出写生。我还算勤奋吧，不过这个勤奋与其说是为了提高自己的专业技能，还不如说是兴趣使然。我喜欢背着画夹穿行在老街深巷，那样能给人时光悠慢、岁月静好的沉淀感。

杨：你的老街巷的速写作品里，植物似乎也是主角。

贺：对，老城区的植物，特别是一些老树很有韵味，从树下走过，似乎都能听到它们正在风里静静诉说与光阴有关的故事。就像我在这本书中写到的老榕树、木棉、紫荆树、白兰树、樟树、南洋楹，记录的都是在老城区写生时，它们所带给我的身临其境的气息与感受。

杨：小黑鱼的出生，对你的创作有没有影响？

贺：说真的，我在生完小墨鱼的最初也经历了产后抑郁期。生活因一个新生命的降临而彻底改变，就像硬生生从一个熟识的轨道被猛然推入到另一个全然陌生的无底洞。当时真是又慌乱又无措，那段时间，每天心情低落，郁郁寡欢。有一天下楼散步，走了一条平时从未走过的路，撞遇了一片朝颜花（蓝色的牵牛花）。当时周围寂静无人，我置身在其中，就像在梦境一般。这让我很有创作的欲望，立刻回去搬了画具过来坐在花丛中写生，最后因为要赶回去哺乳，那幅画最终也没能画完，但紧张情绪却慢慢平缓了过来，我想这也是植物带给人的精神的抚慰吧。这段经历我在《初秋的朝颜》里也写到了。

阅读打开无数扇窗口

杨：你的文字很细腻、优美，我知道这跟你爱读书有关。

贺：我觉得阅读可以打开无数扇窗口，特别是看待事物的视角、心态，人也会变得更加宽广。我想起一件很有意思的事情，青少年时期我很迷恋一套绿皮封面的世界名著，它们是我少女时代最重要的陪伴。我记得我俩第一次去书城买书的情景，我选的是世界名著，结果你大为惊异，说，现在居然还有人看世界名著？！

杨：天啦，我说过这种不负责任的话吗？现在我得收回那句话，8年前我说"现在还有人看世界名著？！"8年后我得纠正，要想文章能够耐读，我们还是得看世界名著！

贺：哈哈，这太有趣了，我们都在阅读中获得了进步。名著一如经典，它们既然能流传下来，说明它们就是耐读的。我记得刚来中山时，我们在一起合住，每次你遇到好书，都会跑过来大声地念给我听，我们一起分享了很多经典。比如那个时候我从你那里知道了马尔克斯，还有纳博科夫，我通过阅读他们又看到更大的世界,那是一个发散出去的路径。

杨:这说明你有很好的悟性,写那些植物时,你一定看了不少写植物方面的书。

贺:嗯,各种类型的都看了一些,最吸引我的还是与植物投契的作家写的书,比如黑塞、鹤西、德福芦花,他们阐述的都是与植物相处时的感受。黑塞说除了写作之外,他喜欢在花园里侍弄花草,慢慢地侍弄,很享受当园丁的感觉。与泥土植物相处,给人带来心灵的平静,就像静思打坐一样。

杨:植物也一定带给了你这样的精神力量。

贺:是的。我想到了洁尘的一篇关于美国女作家梅·萨藤和画家乔琪·欧姬芙的读书笔记,她们都在中年之后选择了隐居且独居的生活。对于植物带给她们的影响,洁尘写了这么一句话:"植物是一种给予,给予了她们太多——美、安慰、信心、灵感,还有力量,她们都是被植物之神眷顾的幸运的人。"我想我也是被植物之神眷顾的幸运的人。